만나는 날, 꽃이 피는

아오미노 하이 장편소설
주승현 옮김

제우미디어

아오미노 하이 지음
주승현 옮김
만나는 날,
꽃이 피는
JMbooks

목 차

기억 전이

장기 이식 수술을 받았을 때,
장기 기증자의 기억 일부가 전해지는 현상.
장기를 받은 환자는 꿈에서 기증자의 기억을 추체험(追體驗)하거나
자각이 없는 채 본래라면 알 수 없는 지식을 얻거나 한다.
기억 외에 취향이나 기호를 이어받는 경우도 있다.

제1장

두 사람의, 첫 사랑

▶

오늘도 또 꿈을 꿨다.

그 꿈속에서만큼은 나는 이 세상에 분명히 살아있다는 실감을 느낄 수 있었다.

밝은 햇살 속에서 그녀가 입은 세일러복이 바람에 나부끼고 있었고, 그녀는 그곳에서 친구들과 명랑하게 웃으며, 반짝이는 미래에 가슴 설레하고, 온몸에서 삶의 에너지가 샘솟고 있었다.

그녀의 내면은 물이었다. 따뜻한 바다 같기도 했다. 그 바닷속에서 나는 하늘하늘 떠돌며 그녀의 눈을 통해 그녀가 보는 것을 구경하고 있었다. 귀를 통해 그녀가 듣는 소리를 같이 듣고 있었다. 그녀의 따뜻한 피부를 통해 그녀가 만지는 것을 느끼고 있었다. 그렇게 나는 '나'로서 겪는 온갖 고통을 잊고 그녀가 되어 이 세계를 즐기고 있었다.

하늘은 끝없이 맑고 푸르렀으며 바람은 부드럽게 살랑이고 사람들은 다정하여 모든 것이 반짝반짝하게 온 세상이 빛나고 있었다.

그 꿈을 꾼 날은 항상 울면서 잠에서 깬다. 커튼 너머로 비쳐 들어오는 아침 햇살과 새들이 지저귀는 소리에 어찌할 수 없는 떨림이 온몸을 잡아 찢는 듯해 몸을 둥글게 움츠리고 미아가 된 강아지 같은 신음을 목 안쪽 깊은 곳에서 조용히 흘렸다.

나는 그곳에 가고 싶었다. 반짝임으로 가득 찬 그 세상에.

이불에서 나와 세면대에서 얼굴을 씻었다. 꿈에서 그녀의 눈동자 너머로 본 여름에 핀 해바라기 같은 거울 속 얼굴. 지금 거울에 비친 남자는 그 꿈속 얼굴과 전혀 닮지 않은 생기 없는 표정을 짓고 있었다. 세면대에 양손을 짚고 천천히 심호흡한다. 나는 오늘도 살아가야만 한다. 오른손을 가슴에 대고 그 고동을 소중히 확인했다.

아침을 먹은 뒤 교복으로 갈아입고 맨션에서 나왔다. 계단을 내려가며 휴대폰으로 어머니에게 메시지를 보냈다. '안녕히 주무셨어요. 지금 학교 갑니다.' '알겠다. 조심하거라.' 곧바로 평소와 같은 대답이 돌아왔다. 숨이 막히는 그 집에 있는 게 싫어서 자취 생활을 하려고 다른 현(県)에 있는 고등학교 시험을 봤다. 집을 나오는 조건으로 이 정기 연락을 하는 것인데 나는 이 사람한테 자식으로서 사랑받고 있는 것인지 세간의 체면을 위한 도구로써 보호받고 있는 것인지 알 수가 없다.

초여름 날씨 속에서 심장 고동에 발을 맞추며 천천히 걸었다. 그렇게 함으로써 언제나 꿈속의 그녀와 함께 걷고 있는 기분이 들었다. 길가에서 흔들리는 빨간 접시꽃을 사랑스럽게 바라봤다. 꽃말은 고상하고 품위 넘치는 아름다움, 열렬한 사랑 등등. 이 꽃의 이름 같은 건 옛날에는 알지 못했고 알고 싶지도 않았다. 나는 꿈속에서 그녀를 통해 얻은 지식을 무엇보다도 사랑하고 있었다.

배와 대추, 수수와 밤이 잇따라 영글어도
나는 떨어져 있는 그대와 지금은 만날 수 없지만
계속해서 뻗어가는 넝쿨처럼
훗날 접시꽃 피는 날에는 그대와 만날 수 있으리다

접시꽃이 등장하는 작자 미상인 이 만엽집(萬葉集)의 한 수도 그녀한테서 배운 것이다. 계절을 좇는 것처럼 다양한 식물이 나오고 비유하며 그대와 만나고 싶다는 마음과 언젠가 만날 날에는 꽃이 피길 바라는 희망을 접시꽃에 담고 있다. 언제 한번 꿈속에서 봤던 내리쬐는 교실에서 아침 이슬에 흔들리는 푸릇한 아름다움 속 이 시를 보고 감동하던 그녀를 나는 안쪽에서 느끼고 있었다.

너를 만나고 싶다. 언젠가 만나고 싶다.

하지만 나한테는 그 '언젠가'는 영원히 찾아오지 않는다.

고등학교 수업은 대체로 시시했다. 건성으로 노트 필기를 하며 창밖을 바라보고 있었다. 그래도 꿈속에서 그녀가 되었던 기억으로 인해 공부는 그럭저럭 할 수 있었다.

체육 수업 때는 원래 격렬하지 않은 운동이라면 문제없지만 거짓말을 해서 항상 앉아서 보기만 하고 있었다. 고등학교에 들어오고 나서 처음 있던 체육 수업 날에 선생님께 내 울대뼈 밑에서 복부까지 뻗은 분홍색 상처 자국을 보여주었다. 그 후로 사전에 교감 선생님께 내 병에 대해 들었던 것일지도 모르겠지만, 체육 선생님은 나를 부서지기 쉬운 유리 공예품처럼 필요 이상으로 신중하게 대했다. 언제나 체육 수업을 앉아서 보기만 하는 나의 그 이질적인 느낌 때문인지 흥미를 느끼고 말을 거는 반 아이도 처음에는 몇 명인가 있었다. 하지만 건성으로 대응하자 이윽고 태반이 흥미를 잃었는지 두 달 정도 지나고 나는 교실에서 공기처럼 존재감이 없는 일부가 될 수 있었다. 단 한 명, 지금도 앞자리에서 말을 거는 오가와라를 제외하면.

"호즈밍 말이지."

호즈미라는 나의 드문 성씨를 그는 멋대로 개조해서 부른다.

"왜 항상 체육 수업에 참여하지 않는 거야?"

턱을 괸 채 하늘에 천천히 흘러가는 구름을 바라보던 나는 작게 한숨을 내쉬었다.

"가슴에 있는 상처의 영향이라고 전에 이야기했잖아."

"그러니까, 그 가슴에 있는 상처가 뭐냐는 거지. 벌써 두 달 정도 쉬고 있는데, 평생 체육을 하지 못할 정도야?"

"체육을 평생 하지는 않잖아?"

"이야기 돌리지 말래도. 그렇게 민감한 문제를 애매하게 얼버무리면 말이야. 사람들이 다가오는데 망설인다든가 괜히 신경써서 걱정한다든가 해서 앞으로 남들과 어울리는데 지장이 생길지도 모르잖아. 그러니까 분명히 해두고 싶은 거야."

오가와라는 내 책상에 팔꿈치를 얹고 몸을 내밀었다. 가느다란 안경테 속의 눈을 가늘게 뜨며 장난스럽게 "친구로서 말이지."라며 작게 덧붙였다.

나는 항상 이 세상에서의 시간이나 삶이 현실처럼 느껴지지 않는다. 그 꿈을 자주 꾸게 되고 나서부터는 특히 그렇다. 내가 정말로 존재하는 곳은 여기가 아니라 꿈속에서 반짝이는 듯한 나날을 보내는 그녀의 그 부드러운 몸 안쪽이 아닐까. 그런 생각만을 하고 있었다.

그렇지만 이쪽 세계에서 살아가야만 하는 나는 여기서 지장 없이 지내기 위해서 입학하고 두 달이 지난 지금도 나에게 신경 써서 말을 걸어 주는 오가와라에게 고마움을 느끼고 있었다.

조금 망설였지만 턱을 괸 채로 눈을 감고 목소리를 내기 위해 천천히 숨을 들이쉬었다.

"중학교 1학년 때."

"어? 응, 응."

덮인 눈꺼풀로 인한 어둠 때문에 보이지 않지만 내 분위기를 헤아렸는지 오가와라가 자세를 바로 고치는 소리와 기척이 났다.

"심장, 이식 수술을 받았어."

"……진짜냐."

눈을 감고 있으려니 감각의 중요한 부분을 지배하는 시각이 차단되어 그 밖의 감각이 예민해진다.

그녀의 심장이 내게 가져다주는 고동의 부드럽고 달콤한 리듬에 귀를 기울였다.

II ■ ◀◀ ▶ ▶▶

제한성 심근증이라고 나는 진단받은 모양이다.

원래부터 주위 사람보다 숨이 많이 차고 잘 지치는 몸이라고 느끼고 있었는데 초등학교 4학년 체육 시간에 의식을 잃어 구급 이송된 내게 내려진 진단 결과는 당시의 부모님을 몹시 놀라게 했다고 한다. 5년 생존율이 약 7할, 10년 생존율이 약 4할, 소아의 경우에는 한층 더 심각하다는 정보는 나중에 알게 되었지만 그건 아직 10살이라는 소년이 짊어지기에는 너무나도 가혹한 운명이었다고 지금 와서는 남 일처럼 생각한다. 그렇긴 해도, 당시의 나는 아무것도 모르는 어린애였고 부모님은 그런 나를 무척 다정하게 대했기에 '내가 뭔가 병에 걸린 것 같지만 학교를 쉴 수 있고 부모님과 잘 지낼 수 있어서 땡잡았네' 정도로밖에 생각하지 않았다.

그러고 나서 큰 병원으로 병실을 옮겨 입원 생활하며 다양한 치료를 받았다. 그건 괴로운 나날이었지만 그전까지는 생각할 수 없을 정도로 다정하게 대해 주는 부모님이나 학교 친구들의 병문안 등으로 어찌어찌 극복할 수 있었다.

이윽고 내가 여전히 침대 위에서 의무교육상으로는 중학생이 되었을 무렵, 기적일 정도로 조기에 기증자를 찾았다는 소식이 들려왔다. 거기에 정치가로 그럭저럭 높은 지위에 있던 어머니의 힘이나 아니면 그 인맥의 영향이 작용했는지 어떤지는 알 수 없다. 어쨌든 혈액형, 체격 등도 일치하고 다양한 검사 끝에 정상적인 장기 수혜자로 인정된 나는 13살이 된 해 장마철 시기에 누구의 것인지도 모르는 그 심장을 이식받았다.

한나절 정도의 수술 후, 아침 햇살이 비추고 전신마취에서 깨어나 천천히 눈을 떴을 때. 나는 가슴에 넓고 둔하게 울리는 통증과 함께 그곳에서 분명히 고동치고 있는 장기의 존재를 두려움과 함께 또렷이 느꼈다. 그리고 그것이 내 것이 아니라 다른 누군가, 이미 죽은 누군가가 가지고 있던 것이며 더 나아가 그것이 자연적이 아니라 인공적인 처치를 통해 내 몸에 이식되어 생명의 근간을 빼앗는 듯 지금 이렇게 나를 움직이고 있다는 점에 감동과 비슷한 두려움을 느꼈다.

마취 때문인지 내 것이 아닌 듯한 오른손을 움직여 환자복 위로 가슴의 상처를 만져 봤다. 찌리릿 하고 전류가 흐르는 듯한 통증에 나는 얼굴을 찡그렸다. 상처를 꿰맨 그 자국이 나의 안쪽에 가두어 둔, 누군가의 상실과 고운 마음 끝에 있는 장기의 존재를 느끼고 눈물이 흘렀다.

──그날 밤, 나는 모르는 소녀가 되어 맑은 날의 초원을 뛰어다니는 꿈을 꿨다. 몸을 마음껏 움직이는 건 정말로 오랜만이었다. 아버지와 어머니가 멀리서 웃으며 날 보고 있다. 알 수 없는 그리움과 사랑스러움, 안타까움으로 가슴이 괴로워져 꿈에서 깨자 나는 또 울고 있었다.

충분히 경과를 보고 재활을 거쳐 퇴원하게 되었다. 목에서 복부까지 뻗은 수술 흉터는 연하게 할 수도 있는 듯했지만 나는 그걸 선택하지 않았다. 남에게서 받은 심장을 넣고 살아가고 있다는 사실을 언제든지 이 상처가 가르쳐 주리라고 생각했다.

어머니의 일을 돕고 있는 아주머니가 마중 나와 자동차로 집까지 바래다주었다. 차 안에서 그 아주머니가 진지한 목소리로 내게 알려줬다. 내 아버지와 어머니가 이혼했다고. 친권은 어머니가 가져갔다고. 말다툼은 내가 입원했을 즈음부터 줄곧 계속되고 있었다고.

나는 몰랐다. 병실에서 부모님이 보여주는 얼굴은 무척 다정해서 뭔가 문제가 있는 것처럼은 보이지 않았으니까. 그렇다고 하더라도 어른들은 아이가 모르는 곳에서 싸우고, 헤어지고, 그걸 아이에게는 조금도 보여주지 않았다. 그게 충격이었다. 멋대로 정하지 말고 이야기해줬으면 했다. 그리고 헤어진 것도, 내게 이야기하지 않고 정한 것도 아마, 역시, 나 때문이겠지 생각했다.

이때 태어나서 처음으로 내가 너무나도 무력한 아이라는 것과 그리고 주위 어른이나 세간으로부터 보호받으며 어리광을 부리며 살아왔다는 사실을 깨닫게 되었다. 감정과는 반대로 바보처럼 밝은 초여름의 햇볕 아래 팍팍한 고속도로를 달리는 자동차 뒷좌석에서 나는 왼쪽 가슴에 오른손을 댄 채 그 고동을 확인하며 쭉 고개를 숙이고 있었다.

그날부터 나는 어머니 쪽 성씨인 '호즈미'라는 이름을 갖게 되었다. 가족이 한 명 줄어든 집에서 만난 어머니는 내가 입원하기 전보다도 냉철해진 것처럼 느껴졌다. 나의 처우에 관해 매스컴에서 몇 번이나 인터뷰 요청을 하러 왔지만 전부 거절하고 있는 듯했다.

모르는 소녀가 되는 꿈은 그 후에도 가끔 꾸었다. 꿈을 꿀 때마다 소녀는 조금씩 성장해 나갔다. 눈을 뜨면 언제나 울고 있었다. 처음에는 단순히 신기한 꿈이라고 생각했지만 나는 차츰 그것을 왼쪽 가슴에서 부드럽게 고동치는 누군가의 심장이 지닌 기억이 아닐까 하고 생각하게 되었다.

기증자의 정보는 보통 알려지지 않는다. 인터넷으로 알아봤더니 이전에 장기 이식 희망자로 등록한 사이트에 커뮤니티 탭이 있었다. 탭을 클릭하자 이식 경험자나 기증자 가족이 쓴 수기나 편지가 여럿 올라와 있었고 나는 그것들을 하나하나 훑어보았다. 수혜자의 깊은 감사와 살아있다는 기쁨의 말과 비통한 마음이었던 기증자 가족의 결의와 소중한 가족의 장기를 이어받은 수혜자를 향한 따뜻한 자애의 말이 적혀 있었다. 이러한 것들이 남의 일이 아닌 나는 눈물을 주르륵 흘리며 읽었다. 진정이 된 후, 나도 편지를 쓰자고 결심하여 편지지와 펜을 준비했지만 쓸 말이 하나도 떠오르지 않았다.

내 손은 그 수기나 편지에 있는 따뜻하고 반짝이는 말들을 써나갈 권리가 있는 것일까. 아니, 모양새만 좋게 꾸며 감사의 말을 전하는 건 얼마든지 가능하다. 하지만 그건 나의 진심이 담긴 말일까. 지금의 난 사무치는 심경 끝에 소중한 사람의 일부를 잘라서 보내 준 그 가족과 가슴을 펴고 마주할 수 있는 생명의 가치나 기쁨을 가지고 있는 것일까. 그렇게 생각하니 펜이 차가운 바닥에 굴러떨어졌다.

아버지는 어느새 어딘가 먼 곳으로 떠났고 좀처럼 집에 없는 어머니는 가끔 얼굴을 봐도 부스럼을 대하는 것처럼 어딘가 차갑게 날 대했다. 식사는 언제나 도우미분이 만들어 준 것을 혼자서 먹었다. 그래도 꿈속에서 그녀가 된 동안은 무척 행복하고 만족스러웠다. '나'는 자유이고 가끔 고민되는 일은 있어도 하루하루가 즐거웠다. 학교에서 공부하고, 친구랑 놀고, 가족과 따뜻한 밥을 먹고, 내일이 또 온다는 사실이 그것만으로도 기뻤다. 그리고 아침 햇살 속에서 눈을 뜨자 가슴을 옥죄이는 것처럼 아파서 조용히 신음을 흘렸다. 나는, 그곳에 가고 싶었다. 그 장소가 아닌 이곳에서 오늘이 또 시작된다는 사실만으로도 괴로웠다. 그렇다고 하더라도 나는 살아가야만 했다.

중학교에 다니는 짬짬이 인터넷이나 도서관으로 여러 자료와 책을 뒤졌다. 성별이 달라도 장기 이식에는 문제없다는 점은 알았다. 장기 이식 후에 기호나 성격이 변했다는 이야기, 알지 못할 터인 기증자의 정보를 꿈에서 알았다는 이야기, 마음이 깃드는 심장, 기억 전이——. 어느 사례고 과학적으로 증명된 것이 아니라 미심쩍은 이야기였다. 하지만 다른 사람의 케이스도, 과학적인 근거도, 논리 같은 것도 상관없이 나한테는 이상한 확신이 있었다.

꿈에서 보는 광경은 내게 옮겨져 지금 나를 살려주고 있는 심장의 원래 주인이 가진 기억. 어떠한 이유로 젊은 나이에 죽은 그 아름다운 소녀의 반짝이는 추억.

그 꿈과 그녀의 존재는 나에게 무엇보다도 소중한 것이 되었다.

절대로 이루어질 수 없다.

닿을 수도 없다.

그건 너무나도 투명하며,

너무나도 잔혹한,

첫사랑, 이었다.

Ⅱ ■ ◀◀ ▶ ▶▶

눈을 감고 있는데 복도나 교실의 어수선한 분위기 속에 그녀의 심장 소리가 떠오른다. 두근. 두근. 나는 그걸 양손으로 소중히 건져 올려 살며시 팔로 감싸 안는다.

"……그래서 그 수술의 영향으로 운동을 할 수 없다는 거야?"

어둠 속에서 약간 조심스러운 오가와라의 목소리가 들렸다. 눈을 뜨자 여느 때와 같은 고등학교 교실을 배경으로 조금 진지한 얼굴을 한 오가와라가 있었다.

"아니, 운동은 남들 정도로 평범하게 할 수 있어."

"그럼 왜 계속 쉬고 있는 거냐고. 땡땡이야?"

내가 꾸는 꿈이나 그녀에 관한 것은 이야기하지 않았다. 이야기해 봤자 믿어줄 것 같지도 않았고 이야기하고 싶다는 생각도 들지 않는다. 그녀의 존재는 내 안에서만의 비밀로 해두고 싶다.

"왜냐면 아깝잖아."

내 말에 오가와라는 고개를 갸웃했다.

"뭐가?"

"심장이 뛰는 횟수가 말이야."

생물의 심장은 고동하는 횟수에 상한이 있다는 이야기를 들은 적이 있다. 소형견은 약 5억 회. 고양이나 말은 약 10억. 인간은 약 20억. 말하자면 심장의 사용 횟수 한계. 그것 역시 단순한 통계적인 수치일 뿐이고 과학이나 의학적인 배경은 일절 없다고 한다. 그렇다고는 해도 그 이야기를 들은 후로 나는 두려워서, 그녀의 심장이 가져다주는 고동 하나하나를 소중히 하고 싶어서, 쓸데없는 부담은 주지 않도록 불필요한 운동은 전부 피해 왔다.

"어, 어어. 그러냐, 그렇겠지."

내 처지를 알았기 때문인지 오가와라는 나의 영문 모를 이유를 순순히 납득했다.

"내가 체육을 땡땡이치고 있다는 건 모두에게는 비밀로 해줘."

조금 전의 오가와라처럼 나는 몸을 내밀어 한쪽 팔꿈치로 책상에 짚고는 속삭였다.

"친구로서 말이야."

오가와라는 눈이 휘둥그레져서는 기쁜 듯이 그러면서도 비밀을 공유한 어린아이처럼 장난스러운 미소를 띠고는,

"오케이, 맡겨 둬."라고 작은 목소리로 대답했다.

수업 시간을 알리는 종이 울렸고, 교실은 서둘러 자리로 돌아가는 학생들로 분주해졌다. 오가와라는 이쪽으로 향해 있던 몸을 칠판 쪽으로 되돌리면서 오른손 엄지를 세워 보였다. 정말이지, 고마운 녀석이다.

동아리 활동에 참여하지 않는 나는 수업이 끝나자 오가와라에게 잘 가라는 인사를 하고 곧바로 학교에서 나왔다. 그녀가 좋아했던 꽃들을 사랑스럽게 바라보며 천천히 걸어 집 가는 길에 있는 작은 슈퍼마켓에 들러 식자재를 샀다. 맨션으로 돌아가 사온 것을 냉장고에 넣고 나서 휴대폰으로 어머니에게 귀가 연락을 했다. '지금 학교에서 돌아왔어요'. 일하는 중인지 귀가 연락 답변은 항상 곧바로 오지 않는다.

그녀가 준 이 심장을 위해서도 건강하지 못한 생활은 보내고 싶지 않았다. 체육은 땡땡이치고 있지만 적절한 신체 유지를 위해 재활 때 담당 의사가 알려준 가벼운 운동은 매일 빠짐없이 하고 있었다. 식사도 즉석식품이나 편의점 도시락 등은 피하고 언제나 스스로 요리해서 먹었다. 오늘은 연어 뫼니에르, 그리고 시금치와 양파를 넣은 샐러드를 만들었다. 혈액순환에 좋다는 목욕으로 몸을 따뜻하게 하고 책을 조금 읽은

뒤 충분한 수면 시간을 취하기 위해 늦지 않은 시간에 잠자리에 들었다.

이런 나날을 반복하고 있으려니 그녀의 심장이야말로 내 본질인 듯하다. 내 몸이나 그것을 제어하는 뇌는 그 본질을 유지하기 위한 그릇, 혹은 부속물에 지나지 않는 것이라는 생각이 자연스럽게 젖어 들었다. 자아를 상실할 것 같은 위험한 사상인 것 같지만 그건 내게는 구원이기도 했다. 이 심장을 위해 살아가는 것은 그녀의 존재를 위해 살아가는 것과 비슷해서 그녀의 일부를 이어받아 목숨을 유지하고 있으면서도 개인적인 삶의 보람이 없는 나의 유일한 살아가는 이유이자 기쁨이었다. 그러니까 나는 내일도 살아가야만 한다.

배와 대추, 수수와 밤이 잇따라 영글어도
나는 떨어져 있는 그대와 지금은 만날 수 없지만
계속해서 뻗어가는 넝쿨처럼
훗날 접시꽃 피는 날에는 그대와 만날 수 있으리다

그녀의 이름이 '스즈시로 아이카*'라는 것은 꿈속에서 그녀가 종이에 필기하는 글자나 그녀를 부르는 주위 사람의 말로 알았다. 그녀의 성격이나 존재를 내포한 듯한 청량하며 아름다운 소리와 글자다. 그리고 자기 이름과 같은 글자를 포함하

* 아이카(葵花)에 접시꽃을 의미하는 한자 葵를 쓰고 있다.

고 있기에, 그녀는 그 만엽집의 한 수에 이렇게나 끌린 거겠지. 나는 그녀의 바다에서 흔들리며 흐뭇하게 생각했다.

"안녕, 아이카. 저기저기, 어제 TV 봤어? 생명의 신비."

꿈속의 어느 날 아침, 통학하던 중에 친구인 에리가 말을 걸었다. 다양한 색깔의 수국이 부드러운 바람에 흔들리고 장마가 시작되기 전의 쾌청한 아침이었다.

"안녕. 봤어봤어! 감동적이었지~"

내 가슴에서 맥박치는 심장은 그녀의 기억 전부를 더듬고 있는 것이 아니라 단편적이었다. 그래서 내게는 그 TV 프로그램을 보고 있는 그녀의 기억이 없다.

에리는 바람에 흩날린 머리카락을 귀에 걸치고 뒷말을 이었다.

"굉장하지. 생명의 탄생말이야. 내가 언젠가 어른이 됐을 때 그렇게 힘들어 보이는 경험을 하면서까지 아이를 낳고 싶다는 생각이 들까? 그렇게 생각하니까 불안해졌어."

"아하하, 이해돼. 여자의 숙명이지~"

나를 감싸고 있는 그녀가 가볍게 웃자, 따뜻한 바다가 기분 좋게 흔들린다. 네가 어른이 되지 못한다는 것을 나만이 알고 있다.

"그런데 그것도 좋았지만 장기 이식으로 새 삶을 받은 사람의 이야기도 감동적이었지~"

그녀의 말에 나는 숨을 삼켰다.

"누군가가 모르는 사람을 위해 생명의 배턴을 이어 주는 느낌. 새 삶을 받은 사람도 기증자한테 진심으로 감사하는 거 같아서 나도 조금 울컥하더라. 프로그램 끝나고 나서 곧바로 장기 기증 등록 임시 신청했어."

"뭐어~? 대단하네, 아이카. 그래도 죽은 뒤에 자기가 모르는 곳에서 자기 몸이 사용되는 거, 어쩐지 무섭지 않아?"

"깊게 생각하면 조금 무섭긴 한데 그래도 그렇게 해서 누군가의 도움이 될 수 있다면 엄청 멋진 일이라고 생각했거든."

그 상냥함에 나는 지금 삶을 이어가고 있다.

"게다가 신청하기는 했어도 혹시 모를 때를 위한 의사표시니까. 내가 그리 간단하게 죽을 거라고는 생각하지 않아. 하고 싶은 일도 잔뜩 있고 말이야!"

그녀의 몸에도 마음에도 얼마든지 젊음과 희망이 가득 차서 넘치고 있었다. 하지만 너는 그리 머지않은 미래에 죽고 말아.

나 같은 게 아니라 너야말로 살았다면 좋을 텐데. 네가 살아있어야만 하는데.

불어온 한 줄기 바람에 그녀의 치마가 나부꼈고, 길가의 낙엽이 높이 날아올랐다. 그녀와 같이 올려다보는 하늘은 높고 푸르며 끝없이 맑아서 무한한 미래를 찬양하고 있는 듯했다. 눈 부신 태양을 보고 꿈에서 깨자 그곳은 차갑고 어두우며 공기가 가라앉은 나의 자취방이었다.

"아아……."

또다시 눈물이 넘쳐흐르고 가슴이 아파져 셔츠 앞을 꽉 쥐었다. 심장이 내 늑골을 뚫고 나와 그녀가 있는 곳으로 돌아가고 싶어 하는 것 아닐까 하는 생각이 들었다.

진정이 된 후, 휴대폰 웹브라우저를 열고 그녀의 이름을 검색해봤다. 처음부터 기대도 하지 않았지만 전혀 상관없는 사이트가 검색 결과에 늘어설 뿐이었다.

그녀는 어째서 죽은 것일까. 이대로 꿈을 꾸다 보면 언젠가 그걸 알 수 있을까.

◀◀

언제부턴가 내 안에 한 명의 남자애가 있다.

명확하게 그리 느끼게 된 건 초등학교 고학년 정도부터였을까. 한번은 그걸 엄마한테 이야기한 적이 있지만 그때는 엄마의 표정에서 당장이라도 병원에 끌려갈 것 같은 분위기를 느꼈기에 순간적으로 농담이라고 이야기의 방향을 틀었다. 그래서 이건 모두가 가지고 있는 평범한 감각이 아니라고 그때 깨달았고 다른 친구에게도 말하지 않았다.

얼굴도 보이지 않고 목소리도 들리지 않는다. 하지만 분명히 항상은 아니지만 이따금, 마음속이라든가 가슴 안쪽 같은 곳에 내가 아닌 그 존재가 어렴풋하게 느껴진다. 그건 이렇게 객관적으로 생각해 보면 섬뜩하지만 무서운 존재는 아니라는 것은 알 수 있다. 오히려 무척 상냥하고 따뜻해서 날 소중히 여겨 주는 것이 느껴진다. 하지만 외로워서 작게 웅크린 채 떨고 있는 듯한── 그래, 사육장 구석에서 떨고 있는 토끼 같은 그런 감각이었다. 그래서 나는 내 안에 있는 그 아이의 존재를 느낄 때마다 '여긴 괜찮아. 무섭지 않고 따뜻하고 즐거워'라고 전하려는 것처럼 최대한 그 시간을 즐기기로 했다.

나는 어떻게든 내 안에 있는 토끼 같은 그 신기한 남자애의 기운을 북돋워 주고 싶어서 어떻게 하면 그 애를 따뜻하게 해줄 수 있을지 고민했고 문득 깨닫고 보면 그 생각만 하고있었다.

"아이카, 들었어? 다음 주부터 임시로 오는 수학 선생님 엄청난 꽃미남이래!"

그래서 고등학교 점심시간에 친구인 에리가 말을 걸었을 때도 나는 내 자리에서 멍한 채 생각에 잠겨 있었다.

"어? 아아, 그렇구나."

마음이 다른 곳에 가 있는 듯한 대답에 한쪽 옆으로 묶은 에리의 검은 머리카락이 그녀의 하복 어깨 쪽에서 흔들렸다.

"정말~ 반응 담백하네, 아이카는. 좀 더 안테나 펴고 팍팍 가야지. 그러니까 남자친구가 안 생기는 거야."

"에리도 없잖아."

웃으며 그렇게 대답했다. 확실히 연극부 선배들도 새로 온 선생님이 멋있다느니 어쩌느니 말했던 듯한 느낌이 든다. 하지만 나는 그런 것에는 그다지 흥미가 솟지 않는다. 그것보다도 토끼를 웃는 얼굴로 만들 방법을 생각하고 있었다.

“저기저기, 방과 후에 몰래 보러 가자. 오늘 교무실에서 인사 같은 거 한다고 하니까 나올 때를 기다려서 숨어 있자. 그 선생님 연극부 고문 선생님도 맡는 거지?”

“으음~”

수학 교사이자 연극부 고문인 도요하시 선생님은 출산과 육아로 인해 한동안 쉬시게 됐다. 그동안의 대리로서 부른 사람이 지금 여자들 사이에서 화제인 꽃미남 선생님인 모양이었다.

“좋겠다아~ 나도 연극부로 부 옮길까~ 연습 중에 뒤에서 손도 잡고 개인적으로 연기 지도도 받을 수 있잖아!”

아직 얼굴도 모르는데 멋대로 생각하고 꺄아~ 하고 떠드는 에리를 곁눈질하며 그런 불순한 이유로 연극부에 들어오는 여자애가 늘어나게 되면 싫을 것 같다고 생각했다.

결국 그날 방과 후, 에리한테 억지로 팔을 잡혀 끌려가 교무실에서 몇 미터 떨어진 모퉁이에 몸을 숨긴 채 화제인 그 선생님을 보게 되었다. 우리가 가니 이미 다른 여자애들 몇 명이 준비하던 상태라 여자애들의 경박한 분위기에 질색하고 말았다. 지금 토끼가 오면 나도 그런 여자애 중 한 명이라고 여겨지는 것 아닌가 하는 걱정도 떠오른다.

잠시 후 교무실 문이 드르륵 열리고 학생들한테서 은밀하게 '호랑이 할아범'이라 불리는 교감 선생님과 젊어 보이는 남자 선생님이 나왔다. 그 순간, 숨어서 엿보던 여자애들한테서 환성이 일어났다. 목소리를 내면 숨는 의미가 없는 거 아닌가 하고 생각했더니 아니나 다를까 교감 선생님이 이쪽을 알아차리고 무서운 표정을 지었다.

"이 녀석들. 구경거리가 아니다. 저리로 가, 저리로."

그렇게 말하며 손을 쉬쉬 내젓는 교감 선생님 뒤에서 그 젊은 선생님은 상쾌하게 미소 지으며 이쪽을 향해 작게 손을 흔들었다. 또다시 여자애들의 환성이 일어났다. 교감 선생님은 한숨을 내쉬는 것처럼 어깨를 푹 떨군 뒤 계단을 내려갔다. 젊은 선생님은 희미하게 뭔가에 놀란 듯한 표정을 짓고 몇 초 정도 이쪽을 본 뒤 교감 선생님이 부르는 소리에 계단을 내려갔다.

날, 보고 있었어……? 아니, 기분 탓인가.

"끝내준다. 엄청나게 멋있잖아!"

흥분한 기색으로 에리가 말하는 뒤편에서 다른 애들도 소리를 지르고 있다. "날 쳐다봤어~"라며 떠드는 애도 있으니 조금 전의 그건 역시 내 기분 탓인 모양이다. 그건 그렇다 치고 확실히 키가 크고 상쾌한 겉모습에 웃는 얼굴도 다정해 보여서 아이돌 같은 사람이었지만 그렇게나 떠들썩해질 만한 일인 걸까.

내 반응이 영 별로인 게 마음에 들지 않았는지 에리는 노골적으로 눈살을 찌푸렸다.

"또 아이카는 반응이 담백하다니까. 어차피 그거지? 아이카는 아직 어린애라서 마음에 드는 남자라든가 그런 사람이 있었던 적도 없는 거지?"

아무리 그래도 바보 취급당하고 있다는 걸 알아서 발끈했다. 그래서 순간적으로 말하고 말았다.

"있어. 신경 쓰이는 사람 정도는!"

"어? 정말로? 너랑 오랫동안 알고 지냈지만 그런 이야기는 처음 들었어. 누구, 누구야? 어떤 사람인데?"

생각한 것 이상으로 큰 관심을 끌고 말았다. 여기서 얼버무렸다가는 되는 대로 아무렇게나 지어낸 말이라고 놀림당할 것 같다. 나는 우물우물하며 목소리를 냈다.

"그건……. 줄곧 날 무척 소중하게 생각해 주는데 그래도 잘은 모르겠지만 어딘가 쓸쓸해 보여서 어떻게든 해주고 싶어진다고 할지……."

거짓말은 하지 않았다. 에리의 표정이 금세 기쁨과 호기심의 색깔로 물들어 가는 것이 보였다. 내 얼굴은 빨개져 있을지도 모른다.

"어라~ 뭐야? 그 '서로가 특별'하다는 느낌! 사귀고 있어?"

"아니, 사귀고 있지는 않은데……."

"그거 이미 고백을 기다리고 있는 거야! 좋겠다~ 아이카는. 그런 사람이 있다면 더 빨리 얘기해 달라구~ 우리는 친구잖아. 그래서 누구야? 학교 밖에 있는 사람?"

"그게, 그러니까……."

대답하지 못하고 있자 마음속에 등불이 켜지는 것처럼 작은 온기가 훅 켜졌다.

"토끼가 왔어."

"어? 뭐?"

갑자기 새어 나온 나의 중얼거림에 에리는 의아한 표정을 지었다. 황급히 이 화제를 끝냈다.

"아, 나 동아리 활동하러 가야 해! 그럼 안녕, 에리. 에리도 취주악부 땡땡이치면 안 되니까 말이야."

"앗! 얼버무리는 거야?"

나는 뺨을 부풀리는 에리한테 웃으며 손을 흔들고 복도를 달렸다. 창문 너머 보이는 여름의 방문을 알리는 듯한 태양이 오래된 학교 건물과 교정의 푸르름 사이, 방과 후에 떠드는 학생들을 눈이 부실 정도로 반짝이고 있다.

여긴 즐거워. 나는 행복해. 그러니까 괜찮아. 이름도 모를 토끼야.

에리한테 이야기한 건 거짓말도, 되는 대로 아무렇게나 나온 말도 아니었다. 깨닫고 보니 내 안에 떠올라 외로움에 몸을 움츠리며 나를 무엇보다도 소중히 여겨 주고 있다. 그런 그가 언제부턴가 신경 쓰여서 견딜 수가 없다.

속도를 늦추고 반짝반짝 빛나는 바깥 풍경을 복도 창문 너머로 바라보며 마음에 드는 단가(短歌)를 읊조렸다.

"배와 대추, 수수와 밤이 잇따라 영글어도
나는 떨어져 있는 그대와 지금은 만날 수 없지만
계속해서 뻗어가는 넝쿨처럼
훗날 접시꽃 피는 날에는 그대와 만날 수 있으리다."

얼굴도 보이지 않거니와 목소리도 들리지 않는다.

하지만 분명히 이어져 있고 이 가슴 속에서 간지럽고 착하게도 나를 따뜻이 만들어 준다.

어디에 있니. 언젠가 만날 수 있어? 널 만나고 싶어. 언젠가 만나고 싶어.

그건 너무나도 투명하고,
너무나도 순수한,
첫사랑이었다.

▶▶

오후의 수학 수업 중, 칠판에 분필이 지나는 딱딱한 소리가 교실에 울렸다. 나는 그걸 오른쪽 귀로만 들으면서 장마가 가까워진 것을 알 수 있는 6월의 흐린 하늘을 멍하게 바라보고 있었다. 그녀의 심장이 내게 가져다준 영상이나 소리를 회상하면서.

아이카는 중학교에선 미술부였지만 고등학교에서는 연극부에 소속되어 있었다. 그녀한테 연극 경험이 있었던 건 아니지만 과거에 본 TV 다큐멘터리 속 무대 위에서 생기 넘치게 움직이는 연기자를 보고 반짝임을 느껴 동경심을 품은 듯하다. TV에 쉽게 영향을 받는 모습에 나는 미소 지었다.

나도 그녀의 역사를 더듬어 가는 것처럼 고등학교에서 연극부에 들어가 볼까 하고 생각한 적도 있었지만 그 생각은 한순간에 사라졌다. 그녀를 통해 경험했던 그 동아리 활동은 '연극'이라는 문화적인 이미지를 연상시키는 말과는 반대로 상당한 체육계였기에 매일 근력 훈련이나 러닝으로 심장에 부하를 주는 건 피하고 싶었다. 게다가 그녀가 즐거운 듯이 하고 있었던 대본 맞춰 읽기 등도 내 적성에 잘 맞는 것 같지는 않았다.

"그럼 이 부분 문제를……."

칠판에 소인수분해 문제를 다 쓴 교사가 교실을 둘러봤다. 나는 눈에 띄지 않도록 책상 위에 있는 교과서로 시선을 떨궜다.

"오늘은 6월 3일이니까 곱해서 18번인 호즈미 군에게 부탁해 볼까."

이 교사는 변칙적인 지명법을 쓴다. 마음속으로 혀를 차고는 고개를 들자 그 젊은 남성 교사의 시험하는 듯한 미소가 보였다. 내 수업 태도가 좋지 않은 것을 넌지시 지적하고 있는 것일지도 모르지만 그 콧대를 꺾어 주고자 나는 자리에서 일어나 해답을 막힘없이 칠판에 적었다.

"호오, 수업을 제대로 듣고 있었구나, 호즈미 군. 아니면 너한테는 이런 문제는 너무 쉬웠던 것이려나?"

비아냥인지 어떤지 알기 힘든 그 물음에 나는 무난하게 미소 짓고 대답했다.

"아뇨, 수업을 성실하게 듣고 있기 때문입니다."

"그렇구나. 고맙다."

이 수학 교사—— 호시노 선생님은 안경 안쪽의 눈을 가늘게 뜨며 부드럽게 미소 지었다.

맨 마지막 줄에 있는 내 자리로 돌아가기 위해 책상 사이를 가로질러 걷고 있는데 교실 안 여학생 대부분의 시선이 교단에 선 호시노 선생님을 향하고 있다는 걸 알아차렸다. 또 그에 비례하는 것처럼 남학생 대부분이 마음에 들지 않는다는 듯한 표정을 짓고 있어서 뭔가 묘한 분위기가 교실을 가득 채우고 있었다.

이윽고 수업 종료를 알리는 종이 울렸고 호시노 선생님이 교실을 나간 뒤 앞자리에 앉은 오가와라가 뒤돌아보며 말했다.

"이야~ 난 수학 시간이 고통이야."

재빨리 턱을 괴고 심장의 기억에 잠기려던 나는 건성인 목소리로 대답했다.

"수학, 잘 못 해?"

"아니래도. 오히려 수학은 좋아하는 편인데 그런 게 아니라 교실 분위기가 숨이 막힌다고 할지."

"그래? 그럼 창가 자리니까 창문을 조금 열면 되잖아."

"그러니까 그런 문제가 아니라 분위기가 어색하단 말이지. 호시노 선생님 수업은."

"그런가. 수업 진행은 능숙한 편이라고 생각하는데."

내 응답에 오가와라는 어이가 없다는 듯이 웃었다.

"호즈밍은 진짜 주위에 흥미가 없구만. 호시노 선생님 수업은 여자애들이 전부 수업은 딴전이고 반짝반짝하는 시선만 보내니까 남자애들은 그게 기분이 안 좋아서 짜증을 내고 있는 거라고. ……정말로 모르고 있었어?"

"아아, 그런 말이구나."

그거라면 나도 조금 전에 몹시 날이 선 듯한 묘한 분위기를 느꼈던 참이다.

"입학하고 두 달이나 지나면 말이야, 같은 반에 신경 쓰이는 여자애도 생기는 법이잖아? 그런데 완전 실패지. 이 학교에 저런 여자 킬러 교사가 있다니 말이야. 남자들은 다들 실망하고 있지 않을까. 내 청춘도 위태로워진다고."

확실히 근처에 모여 이야기하는 여자들이 새된 목소리로 나누는 대화에서도 '호시노 선생님'이라는 단어가 빈번히 나오고 있다.

"흐음, 인기가 많네. 호시노 선생님."

"대단한 여유인데, 호즈밍. 믿음직하구만~"

한숨을 내쉬는 오가와라와 함께 온탕과 냉탕이 소용돌이치는 교실을 바라봤다. 나에겐 아이카가 있고 그녀에게는 이러한 특정 상대가 없었던 듯해 오가와라가 말하는 감정에 얽매이지 않아도 되는 게 고마운 점이다. 아니, 그래도 아직 보지 못한 그녀의 기억 속에 그러한 상대가 나타나지 않으리라는 보장은 없다. 그렇게 되면 나는 어떻게 하면 좋을까. 지금까지와 마찬가지로 그녀의 심장과 바싹 붙어 나아갈 수 있을까.

작게 창문을 두드리는 소리가 나서 시선을 그쪽으로 돌리자 비가 내리고 있었고 유리가 젖어 마치 눈물로 흐려진 것처럼 바깥 경치를 부옇게 만들고 있었다.

◀◀

마침내 내가 사는 마을도 아침 뉴스를 보니 장마 범위에 포함됐다. 비는 그다지 좋아하지 않는다.

조금 우울한 기분으로 우산을 들고 집을 나서니 하늘은 잔뜩 흐려서 무거워 보이는 납빛 구름을 펼치고는 곧바로 빗방울을 후드득후드득 떨어뜨리고 있었다. 장마가 시작되었다고 해서 정직하게 당일부터 내리다니. 성실한 하늘이네. 하루 정도는 땡땡이치고 맑아도 좋을 텐데. 그런 생각을 하며 우산을 펴자 왼쪽 가슴 안쪽에 사랑스러운 온기가 느껴졌다. 나도 모르게 얼굴에 미소가 지어졌다.

"안녕, 토끼야. 같이 갈까."

길을 걷는 사람들 누구에게도 들리지 않도록 중얼거리고 조금 밝아진 마음으로 한 걸음을 내디뎠다.

우산에 빗방울이 부딪혀 타타탕 하고 리드미컬한 소리를 낸다. 물웅덩이를 밟지 않도록 작게 점프해서 뛰어넘었다.

만개한 꽃을 무거운 듯이 들어 올리며 길가에 핀 수국은 비에 젖어 비쳐 보이는 푸른색 꽃잎을 떨며 이제야 겨우 찾아온 우기를 온몸으로 기뻐하고 있는 것처럼 보였다. 그 수국잎 중 하나에서 달팽이가 쉬고 있는 것을 발견하고 그러고 보니 오랜만에 보는 것 같다며 어쩐지 조금 기뻐졌다.

조금 걷자 접시꽃이 군생하는 강가 제방으로 나왔다. 하늘을 향해 곧게 뻗어 있는 이 식물은 내 키보다 큰 것도 있다. 커다란 것은 3m에도 이른다고 들어서 놀란 적도 있었다. 빨간색, 흰색, 분홍색, 보라색, 다양한 색깔의 꽃을 피우며 비에 지지 않고 똑바로 서 있다.

내 이름 '아이카'의 유래는 이 접시꽃이라고 예전에 엄마한테서 들었다. 자기 힘으로 똑바로 서서 아래쪽부터 차츰 꽃을 피워 나가, 꼭대기에 있는 꽃이 필 무렵에 마침 장마가 끝난다고 한다. 그런 꽃이 내 이름으로 쓰였다는 말을 듣고 등이 쭉 펴지는 듯한 자랑스러운 기분이 든 기억이 있다.

접시꽃으로 가득한 비탈을 오르자 갑자기 시야가 트였다. 제방 아래에는 강을 따라 초원이 펼쳐져 있고 한가운데에 참나무 한 그루가 서 있다. 조금 떨어진 곳을 흐르는 강은 비를 자기 편으로 삼아 평소보다도 거세며 힘차다. 강 건너편에는 비 때문에 흐려 보이는 다른 마을이 몇몇 나무들을 사이에 끼고 펼쳐져 있다. 그곳에 사는 사람들도 각자의 인생이 있고 각자의 마음이 있다. 하지만 지금은 평등하게 같은 비에 감싸여 있다고 생각하니 조금 신기한 고양감을 느꼈다.

타타탕. 타타타탕. 비가 우산을 두들긴다. 좋아하는 사람과 같이 걷고 있는 듯한 기분에 내 가슴도 기분 좋게 신바람이 난다.

뒤에서 발소리가 가까이 다가왔다. 분명 에리다.

"아이카, 안녕~"

"안녕."

조금 숨을 헐떡이는 에리가 내 옆에 나란히 섰다. 하얀 바탕에 세련된 감색 꽃무늬가 들어간 우산을 쓰고 있다.

"이야~, 결국 왔네. 장마가. 습기 때문에 축축한데 아침부터 비라서 최악이지."

"그런가? 비도 의외로 나쁘지 않아."

"뭐어? 요전에 했던 말이랑 다르잖아~"

"아하핫."

우산을 빙글 돌리자 물방울이 원 모양으로 튀었다. 에리의 치마가 조금 젖어서 에리한테 하지 말라고 혼났지만 그것마저도 즐거워서 웃으면서 미안하다고 사과했다.

마음에 아직 존재하는 따뜻함을 확인하며 나는 생각했다.

너는 어떨까. 즐기고 있으려나.

방과 후 연극부에서 다 같이 스트레칭을 하고 있는데 연습을 위해 빌린 다목적 교실 문을 노크하는 소리가 났다. 부장인 다나카 선배가 "들어오세요."라며 대답하자 문이 열리고 고문인 도요하시 선생님이 들어왔다.

"도요하시 선생님!"

부원 모두가 일어나서 선생님이 있는 곳으로 달려갔다. 도요하시 선생님은 온화한 분위기의 상냥한 여자 선생님으로, 학생들에게도 인기가 있다. 임신 경과가 좋지 않았던 모양이라 한동안 쉬고 있었기에 오랜만에 뵈었다. 배가 둥그레져 있지만, 뺨은 야위었고 피곤함이 느껴졌다. 몸 안에서 생명을 키운다는 것이 얼마나 힘들고 대단한 일인지가 엿보이는 듯했다.

선생님은 잠시 모두와 이제까지 있었던 일을 이야기한 뒤 "슬슬 왔으려나." 하고 문 쪽을 봤다.

"이미 들었을지도 모르겠지만, 내가 한동안 쉬게 돼서 말이야. 그동안에 수학과 연극부를 봐주실 대리 선생님을 부탁했어. 그분은 대학 때 극단에 소속되어 있었다고 하시니까 다들 공부가 될 거라고 생각해. 정식으로는 다음 주부터인데, 오늘은 인수인계도 겸해서 먼저 모두에게 소개할게."

그렇구나. 요전에 에리랑 보러 갔던 미남 선생님이 고문으로 오는 거였던가. 그러고 보니 이름도 아직 듣지 못했네.

도요하시 선생님이 문을 드르륵 열었다. 그 너머에서 세련된 스니커즈가 보이고, 슬림한 회색 정장이 보이고, 상쾌한 미소가 보였——

오늘은 아침부터 계속 함께였던 왼쪽 가슴의 온기가 움찔하며 튀어 오른 느낌이 들었다.

'호시노 선생님?'

갑자기 머릿속에 그런 목소리가 울렸고——

"어? 호시노 선생님……?"

내가 무심코 그 목소리에 반응했더니, 부원들이 뒤돌아봤다.

▶▶

그녀의 꿈에서 깨고 나서 울지 않았던 건 처음일지도 모른다. 나는 놀랐다.

이 꿈은 정말로 아이카의 기억인 걸까. 아니면 전부 내 망상이 만들어 낸 환상인 건가. 그것도 아니면 조금 전 꿈의 마지막 부분에만 내 기억이 섞여든 건가.

——어째서, 아이카의 세상에 호시노 선생님이 등장하는 것인가.

아니, 생각해 볼 것까지도 없이 알 수 있는 일이다. 그녀가 다니는 고등학교에 호시노 선생님이 부임했던 적이 있는 것이리라. 하지만 그건 내게는 한 줄기 광명이었다. 이 심장 이외의, 아이카와의 첫 연결 고리다.

긴장인지 기쁨인지 불안인지 잘 모를 감정으로 그녀한테서 받은 심장이 크게 고동치고 있는 것을 느끼며 나는 튀어 오르는 것처럼 이불에서 벌떡 일어났다.

서둘러서 평소보다도 30분 일찍 학교에 도착했다. 바깥은 꿈과 마찬가지로 비가 내리고 있어서 바지 밑자락도 양말도 젖었지만 신경 쓰이지 않았다. 아무도 없는 교실에 가방을 두고 잰걸음으로 교무실로 향했다.

노크하자 안에서 "들어오세요."라는 목소리가 들렸다. 문을 여니 안에 있는 선생님들은 이미 분주한 분위기를 풍기며 각자의 책상에서 무언가 작업을 하고 있다. 입구에서 자리가 가장 가까운 와카기 체육 선생님이 뒤돌아봤다.

"오, 호즈미냐. 무슨 일이냐. 빨리 왔군."

"저기, 호시노 선생님은……."

"아아, 호시노 선생님이라면."

와카기 선생님이 몸을 비튼 것과 동시에,

"여기란다. 호즈미 군."

목소리가 오른쪽에서 났다. 뒤돌아보니 교실에서 보이는 것과 같은 미소를 띤 호시노 선생님이 작게 손을 흔들고 있었다. 와카기 선생님한테 고개를 숙인 뒤 그쪽으로 향했다.

"호즈미 군이 나를 찾을 거라고는 생각 못 했네. 무슨 일이야. 수업에서 모르는 부분이라도 있었어?"

"아뇨, 저기……."

이야기를 어떻게 꺼낼지 좀 더 생각하고 나서 올 걸 그랬다며 후회했다. 눈앞에 있는 호시노 선생님은 조금 전에 꾼 꿈과는 다르게 은색 테 안경을 쓰고 있었고 헤어스타일도 조금 다르지만 꿈과 같은 붙임성 있는 미소를 띠고 있다. 왼쪽 가슴에 있는 그녀의 심장이 괴롭게 삐걱거렸다. 나는 그 사실에 조바심과도 비슷한 초조함을 느끼고 충동에 이끌리는 것처럼 목소리를 내고 있었다.

"스즈시로 아이카라는 사람을 알고 계신가요."

호시노 선생님은 미소를 짓는 것을 멈추더니 그 단정한 눈썹을 살짝 치켜올리고 내 눈을 힐끔 본 뒤 팔짱을 끼고 눈을 감았다.

"으음~ 나도 일단 교사로서 나날이 수많은 사람과 접하고 있으니까 말이지. 이름만으로 기억의 데이터베이스를 뒤지는 건 시간이 걸려. 뭔가 달리 키워드는 없니?"

지금까지 꿈을 통해 보고 알게 된 그녀에 관한 것은 내 안에만 소중하게 남겨 두고 있었기에 그걸 다른 사람에게 이야기한다는 것에 커다란 망설임을 느꼈다. 그렇다고 하더라도 나는 눈앞에 있는 그녀와의 접점으로부터 어떻게든 정보를 끌어내고 싶었다. 그래서 꿈에서 본 그녀가 다녔던 고등학교 이름을 꺼냈다.

"거기서 연극부에 소속되어 있던……."

"아아……."

호시노 선생님은 팔짱을 낀 채 천천히 눈꺼풀을 떴다. 하지만 시선은 내리깐 채로 어딘가 옛날을 회상하고 있는 듯했다.

"알고 계신가요?"

그의 눈동자가 움직여 날 향했다. 그 얼굴에 평소와 같은 미소는 없었다.

"너는 그녀와 아는 사이니?"

긴장해 마른 입술을 핥고 가늘게 숨을 들이쉬었다. 거짓말을 할 때는 시선을 피해서는 안 된다.

"실은 예전에 그 사람과 편지를 주고받던 적이 있어서요."

"하하, 편지라니 제법 옛날식이네."

"하지만 어느 시점부터 전혀 연락이 안 되고 있습니다."

"응."

"그래서 소문으로, 그 사람이 죽었다는 말을, 들어서……."

"……응."

"왜 죽은 걸까 하고 계속 신경 쓰여서요."

"……그렇구나."

선생님은 한숨을 내쉬는 것처럼 그렇게 말하고는 재차 눈을 감았다.

"사실은 다른 학생의 정보를 무턱대고 이야기해서는 안 되지만 너한테는 이야기해도 괜찮겠지."

깨닫고 보니 아플 정도로 양손 주먹을 강하게 쥐고 있었다. 심장 고동이 빨라져 있었다. 마른침을 삼키고 선생님의 말을 기다렸다.

"그녀 일은 정말로 놀랐고 무척 유감이었어."

선생님은 아득한 슬픔을 응시하는 것처럼 조용한 표정이었다.

"밝고 올곧으면서 주위를 미소 짓게 만들어 주는 듯한 무척 좋은 아이였으니까."

"……네."

"그러니까, 정말로, 놀랐어."

이어지는 말에 나는 온몸의 힘이 빠지고 주위 공기가 와르르 붕괴되어 가는 듯한 착각을 느꼈다.

거짓말이라고 외치지 않았던 건 그 말을 꺼낼 힘조차 없었기 때문이라고 생각한다.

하지만 믿기지 않았다.

무엇 때문에.

어째서 그렇게나 행복해 보였던 그녀가.

"그녀는, 자살했단다."

◀◀

이건 어떻게 된 일일까.

"어머, 스즈시로 양. 호시노 선생님을 알고 있니?"

"아, 아뇨."

도요하시 선생님이 묻는 소리에 순간적으로 고개를 내저었다. 어느샌가 가슴 속의 토끼는 사라지고 없었다.

"그게 소문으로 들어서……."

지금은 그런 걸로 치자. 아니, 정말로 무의식중에 소문으로 이름을 들었던 것이리라.

"아, 그렇구나. 호시노 선생님, 소문이 자자한 모양이에요."

"하하, 황송하네요."

그 미남 선생님은 부드럽게 웃으며 내 쪽을 봤다.

"너는 요전에 교무실 앞에 있던 아이지. 앞으로 잘 부탁할게."

“아, 으, 자, 잘 부탁드립니다.”

자신의 의사로 간 게 아니라고 말하고 싶었지만 말할 수 있을 리 없었다. 내 얼굴이 뜨거워져 가는 것이 느껴져 부끄럽다.

그 뒤, 다들 얼추 자기소개를 끝내고 평소처럼 연습을 시작했다. 호시노 선생님은 교실 구석에서 도요하시 선생님이 보여주는 대본을 보며 뭔가 설명을 듣는 중이다. 여자부원들이 뭔가 속삭이면서 열기가 담긴 시선으로 힐끔힐끔 그쪽을 보고 있는 것을 알 수 있다. 반대로 남자부원은 기분이 좋지 않다는 듯한 표정을 짓고 있다.

역시 예상대로 돼서 나는 조금 낙담했다. 호시노 선생님은 아무것도 하지 않았고 잘못한 게 없다. 하지만 그 자리에 있는 것만으로도 그곳의 분위기를 바꿔 버리는 사람은 존재한다. 이래서야 여자부원들은 그렇지 않아도 인기 없는 잡역을 안 하고 싶어 할지도 모른다. 호시노 선생님을 의식해 커다란 목소리도 내지 않으려고 할지도 모른다. 최악의 경우 그런 변화를 불쾌하게 느낀 남자부원이 그만둘지도 모른다.

1학년인 자신이 부를 규합하고 있는 것도 아닌데도 그런 우려를 느끼며 나는 어딘가 삐걱대는 분위기로 나아가는 동아리 활동의 공기에 휩쓸릴 수밖에 없었다.

동아리 활동을 끝내고 돌아가려고 입구까지 가니 우산꽂이에 내 우산이 없었다. 누군가가 착각해서 들고 갔거나 고의로 훔쳐 간 것일까.

"뭐야, 이게……."

2천 엔 정도의 마음에 들었던 우산이었는데 울음이 나올 것만 같았다. 바깥은 굵은 빗줄기가 세차게 쏟아지고 있었고 그칠 낌새도 없거니와 뛰어서 돌아갈 수 있을 듯한 빗줄기도 아니다. 에리가 동아리 활동이 끝날 때까지 기다리다가 같이 갈까 생각하고 있었는데 뒤에서 누군가가 말을 걸었다.

"너는 스즈시로 양이었던가. 무슨 일이니? 거기 서서."

뒤돌아보니 호시노 선생님이 있었다. 손에 가방을 들고 있다.

"우산이 없어져서요."

"뭐? 비가 이렇게 오는데 큰일이네. 나도 마침 돌아가려던 참이니까 차로 바래다줄게. 잠깐 기다리렴."

"앗, 그러지 않으셔도 돼요!"

"괜찮아, 괜찮아. 이 학교에 관한 것이라든가 연극부 일이라든가 학생한테서도 이야기를 듣고 싶었거든. 좋은 기회니까 말이야. 부탁할게."

부탁받아 버리면 거절하기 어렵다. 나는 마지못해 고개를 끄덕였다.

선생님은 금방 입구 근처로 차를 가져와 조수석 문을 안에서 조금 열어 주셨다. 조금 전에 건네받은 우산을 쓰고 그곳으로 뛰어가 시트가 젖지 않도록 우산을 접으며 신중하게 그리고 재빠르게 올라탔다.

"장마 시작 첫날부터 엄청난 비네."

선생님은 가볍게 웃고는 내가 안전벨트를 맨 것을 확인하고 난 뒤 부드럽게 차를 출발시켰다. 선생님의 머리와 어깨, 팔이 비에 젖은 게 보였다. 직원용 출입구에서부터 주차장까지 그럭저럭 거리가 있었을 터다.

"죄송해요. 우산을 저한테 주셔서 선생님 옷이 젖으셨네요."

"괜찮대도. 이 정도는. 귀여운 너를 지킬 수 있었으니까 말이야."

갑작스러운 말에 가슴이 달콤하게 쑤셨다. 지금 여기에 토끼가 없어서 다행이다.

"여학생 상대로 너무 부주의하게 그런 말 하지 않는 편이 좋아요."

"하핫, 그렇구나. 미안, 미안."

집 주소를 묻기에 대답하자 선생님은 "오케이."라고 말한 뒤 핸들을 움직였다. 와이셔츠 소매를 팔꿈치까지 걷어 올리고 힘줄 돋은 멋진 팔과 손가락이 늘씬하게 뻗어 있어서 여자애들이 얼굴을 붉히는 것도 이해가 되었다. 지금 이 상황을 겪고 있는 게 내가 아니라 에리였다면 졸도해 버릴지도 모른다. 나도 모르게 심장 고동이 빨라지는 것이 어쩐지 부끄러워서 창밖을 멍하게 바라봤다.

호시노 선생님은 부드럽게 차를 운전하며 나한테 학교나 동아리 활동, 다른 선생님에 관한 것을 물었다. 대화가 끊기지 않도록 적절한 타이밍에 맞장구를 치거나 화제를 전환하고, 이따금 농담도 섞으며 즐겁게 대화를 전개하는 것이 능숙한 사람이었다. 실제로 나도 몇 번인가 웃었다. 그것만으로도 마음속 경계의 실이 스르르 풀려 가는 듯한 느낌이 드니까 신기한 일이다. 그리고 그 틈새로 그의 달콤한 목소리는 막힘없이 침입해 온다.

"스즈시로 양은 형제 있니?"

"없어요. 외동이에요."

"그렇구나. 그렇다면 틀림없이 부모님한테서 잔뜩 귀여움을 받고 있겠네."

"어떠려나요~ 아빠는 그다지 말을 안 하시니 무슨 생각을 하시는지 모르겠고, 엄마도 회사 일이라든가 집안일로 바쁘셔서요. 선생님은 형제가 있으신가요?"

"여동생이 한 명 있어."

"와아, 좋겠다아. 역시 여동생은 귀엽나요?"

"건방지기만 할 뿐이야. 그래도 어른이 되어서 떨어져 보니 역시 소중한 가족이라고 깨닫게 되지만 말이지."

"그렇군요."

그런 이야기를 하고 있었는데 차가 우리 집 앞을 지나쳤다.

황급히 그 사실을 말하자 호시노 선생님은 웃으면서 사과하고 익숙한 손놀림으로 후진 기어를 넣었다. 주의를 알리는 경고음이 차 안에 울리는 와중에 선생님의 몸이 이쪽으로 향했고 왼손도 내 쪽으로 뻗었다. 두근 하고 심장이 크게 뛰면서 몸이 경직되었다.

그는 내가 앉은 시트의 머리받이를 잡고 몸을 비틀어 좌석 사이로 후방을 보더니, 오른손으로 핸들을 조작하며 차를 후진시켰다. 그 옆모습과 목덜미를 힐끔 보고 곧바로 시선을 피했다. 멈추고 있던 숨을 선생님한테 들리지 않도록 살며시 내뱉었다. 엄청나게 창피해졌다. 이래서는 나도 교무실 앞에 모여서 떠들던 에리나 여자애들과 마찬가지 아닌가.

이윽고 차는 우리 집 앞에서 멈췄다. 빗발은 여전히 약해질 낌새를 보이지 않았고, 현관까지 금방이라며 사양하는 내게 선생님은 "여자애를 조금이라도 비에 맞게 할 수는 없어." 라면서 그의 우산을 그대로 나한테 들려 주었다. 감사 인사를 한 뒤 그걸 쓰고 차에서 내렸다. 문 앞에서 운전석을 향해 다시 머리를 숙였고, 창문이 열리고 호시노 선생님이 얼굴을 내밀었다.

"오늘은 많이 이야기해줘서 고마워. 여러 가지를 알 수 있어서 도움이 됐어. 언젠가 또 이렇게 너랑 같이 집에 갈 수 있으면 좋겠구나. 그럼 내일 또 보자."

선생님은 내 반응을 기다리지 않고 가볍게 손을 흔들었고 차는 조용히 달려갔다. 가슴 언저리에 정체를 알 수 없는 열기가 담겨 있는 걸 느끼고 그걸 내뱉는 것처럼 천천히 심호흡했다. 두근거려서는 안 된다.

토끼가 와 주지 않으려나.

▶▶

나는 그날 학교를 쉬었다.

호시노 선생님께 머리를 숙인 뒤 그대로 담임이 있는 책상까지 이동하여 등교는 했지만 몸이 좋지 않아 쉬겠다는 뜻을 전했다. 담임은 호들갑스럽게 걱정하며 그걸 승낙했다. 다리를 질질 끌다시피 하며 복도를 걸어 이미 학생이 몇 명인가 있던 교실에서 가방을 가지고 나와 문으로 향했다. 도중에 있는 거울로 본 내 얼굴은 망령처럼 창백해져 있었다. 이거라면 갑작스럽게 몸 상태가 안 좋아졌다고 호소하는 것에도 설득력이 있다고 생각하며 등교하는 학생들이 쓴 우산의 흐름에 거스르는 것처럼 걸었다.

커튼을 친 채 어두운 내 방에서 잠시 멍하게 있다가 문득 생각이 떠올라 사복으로 갈아입은 뒤 도서관으로 향했다. 서적이나 인터넷으로 조사해 봤더니 자살한 사람의 장기는 친족 이외의 사람에게 제공하는 것이라면 법률적으로 문제없다는 점은 알았다. 하지만 의학적으로는 이식 가능한 장기이기 위해서는 뇌사 상태여야만 하고, 자살의 경우엔 그렇게 되는 일은 드문 사례라는 듯했다. 그녀가 어떠한 수단으로 스스로의 목숨을 끊었는지 그건 물어볼 수 없었고 만약 호시노 선생님이 그걸 알고 있다고 하더라도 아무리 그래도 거기까지 자세한 부분을 이야기해주지는 않을 것이다. 게다가 그녀의 최후가 어땠는지 그 상세한 내용 같은 건 지금은 생각하고 싶지도 않았다.

PC 화면을 보면서, 책 페이지를 넘기면서, 호흡을 하면서, 심장 고동을 들으면서. 마음이 차갑게 잿빛으로 칙칙해져 가는 것을 느꼈다.

그녀는. 아이카는. 내가 좋아하는 사람은 몇 년 전에 죽었다. 그건 처음부터 알고 있었다. 하지만 반짝이는 듯한 세상에서 살고 있던 그녀의 최후가 그녀 스스로 바란 것이었다는 사실은 내 눈앞을 폭력적으로 어둡게 만들었다.

휘청휘청하며 도서관을 나와 우산도 쓰지 않고 장맛비를 맞으며 아무도 없는 도서관 뒤편 공원 벤치에 앉았다. 비는 약한 폭포처럼 내 온몸을 때렸고 눈물을 보이지 않게 만들었다.

"스스로 알고 싶어서 물어보러 간 거면서……."

중얼거리는 듯한 목소리는 빗소리에 지워져 갔다.

그녀는 나의 살아가는 이유였다. 생명의 기쁨으로 넘쳐흐르는 그녀의 심장과 기억에 이 몸을 내어줄 수 있다면 좋을 것 같다고 생각하고 있었다. 하지만 그녀는 죽음을 바란 것이다. 그만큼의 무언가가 그녀를 그곳으로 몰아넣었다. 대체 무엇이——

비의 기세가 약해졌다. 조금 고개를 들자 공원 가장자리 화단에서 접시꽃 몇 송이가 흔들리고 있었다. 벤치에서 일어나 그곳으로 가까이 다가갔다. 아직 그 꽃은 발치 정도 높이밖에 피어 있지 않지만 비를 맞아도 고개를 숙이지 않고 하늘을 향해 늠름하게 서서 가슴을 펴는 것처럼 열심히 꽃을 피우고 있다.

그녀는 이 꽃 같은 사람이었다. 혹은 그녀 자신이 그렇게 있고 싶다고 바랐을지도 모른다. 그런 그녀가 자기 의사로 꺾인다는 일이 있는 것일까.

천천히 숨을 크게 들이쉬자 내 가슴 속에 결의의 등불이 깃드는 것을 느꼈다. 인제 와서 새삼스럽지만 우산을 펴고 걸음을 내디뎠다.

그것이 비극이라 할지라도.

나는 진상을 알고 싶다.

귀가 후 샤워를 하고 옷을 갈아입었다. 휴대폰으로 그녀가 살았던 지역 이름과 다녔던 학교 이름을 검색하고 가장 가까운 역과 그곳으로 가는 환승 경로를 조사했다. 여기서부터라면 두 시간 정도면 갈 수 있을 것 같았다. 지금 출발하면 오후에 도착할 수 있을 것 같다. 나는 간단한 짐만 챙기고 쫓기는 것처럼 방을 나섰다.

평일 오전의 전철은 한산했고, 몇 번의 환승을 거쳐 창문에 부딪치는 빗방울 모양을 바라보고 있자 머잖아 목적지인 역에 도착했다. 아이카는 적어도 내가 꾸고 있던 꿈속에서는 전철을 이용하지 않는 사람이었기에 이 역은 본 기억이 없다. 휴대폰으로 지도를 열어 우선은 고등학교로 향했다.

우산을 쓰고 20분 정도 걷자 낯익은 학교 건물이 보였다. 지금은 수업 중일 것이다. 닫혀 있는 문 앞에 서서 학교를 바라보고 있으려니 그 꿈은 역시 내 망상이 아니라 현실에 있었던 일의 추체험이라는 감개가 솟아올랐다.

빙글 뒤돌아보니 그녀가 언제나 걸었던 통학로가 보였다. 꿈에서 본 기억을 더듬는 것처럼 그 길을 걸었다. 주택가를 빠져나가니 강가 제방으로 올라가는 비탈길이 있다. 길가에 접시꽃이 군생하는 그 비탈을 오르자 갑자기 시야가 트였다.

아이카가 살았고, 걸었던 장소에 지금 내가 있는 것이다. 그 감동에 그녀의 심장을 가두어 두고 있는 가슴이 떨렸다.

꿈에서 봤던 풍경과 같은 제방을 걸어 다시 접시꽃 비탈을 내려갔다. 수국이 흐드러지게 핀 공원을 지나 주택가를 조금 걸었더니——

"여기다……."

걸음을 멈춘 집에는 '스즈시로'라는 표찰이 걸려 있었다. 그녀의 심장이 그리워하고 있는 것인지, 아니면 단순한 나의 긴장인지 가슴이 뜨겁게 고동치는 것을 느꼈다.

안에 사람이 있을 것이다. 소리나 빛에서 생활의 기척이 느껴진다. 떨리는 손가락을 심호흡으로 진정시키고 초인종을 눌렀다.

"네에~"

온화한 목소리 뒤에 곧 현관문이 열리고, 앞치마를 착용한 50대 정도의 상냥해 보이는 얼굴을 한 여성이 나타났다. 나라는 사람은 그 사람을 모른다. 하지만,

"엄, 마……."

깨닫고 보니 내 눈에서 눈물이 흘러넘치고 있었다.

◀◀

오늘도 아침부터 비. 그리고 토끼도 없다.

현관 앞에 서서 한숨을 내쉬고 어제 호시노 선생님이 빌려준 우산을 왼손에 늘어뜨린 채 집에 뒀던 비닐우산을 펼쳤다. 파라락 하는 소리를 내며 펼쳐진 반투명한 비닐은 조금 누렇게 변색 되어 약간 창피했다. 거기에 빗방울이 후드득 닿았다.

내 우산을 찾을 수 있을까. 이젠 들고 다니는 건 그냥 싼 비닐우산으로 할까. 그런 생각을 하며 제방을 걷고 있는데 뒤에

서 에리의 발소리가 들렸다.

"안녕, 아이카."

기운 없는 목소리에 뒤돌아보자 그녀의 머리카락이 부스스해서 나도 모르게 웃음을 터뜨리고 말았다.

"앗, 웃었어!"

"미안, 미안. 안녕, 에리."

에리는 우산을 들고 있지 않은 손으로 머리카락을 매만지면서 내 옆에 나란히 섰다.

"진짜, 습기 때문에 머리카락이 전혀 정리가 안 돼서 최악이야. 아이카는 좋겠다아~ 찰랑찰랑해서. 어라?"

그녀는 내가 쓴 우산을 올려다보고는, 왼손에 늘어뜨린 다른 우산 하나를 내려다봤다.

"그 우산 웬 거야? 남자 우산?"

"아아, 이건."

어제 일을 이야기했다. 내 우산이 없어져서 곤란해하던 때 연극부에 얼굴을 내비쳤던 호시노 선생님이 와서 자동차로 집까지 바래다주었다는 것. 그때 선생님이 이 우산을 빌려주었다는 것.

"뭐어어? 뭐야 그게, 치사해! 새치기!"

"아니, 그럴 생각은 없는데……."

"아이카, 신경 쓰이는 사람이 있다고 했잖아!"

"아니, 그건 그렇긴 하지만. 그러니까 호시노 선생님하고는 전혀 그런 게 아니라."

"나는 이름도 아직 몰랐는데……. 평범하게 이름 부르는 것도 뭔가 열 받아."

"아, 으음……. 미안."

그 뒤로 에리는 기분이 나빠져서는 입을 다물고 말았다. 옛날부터 감정적으로 변하기 쉬운 아이이긴 했지, 말하지 말 걸 그랬다는 생각에 기분이 가라앉았다. 어색한 침묵 속에서 교문을 지나 신발장에서 신발을 갈아신고 교실까지 도착했다. 그날은 그대로 에리와 아무런 말도 하지 않았다.

연극부에는 오늘도 호시노 선생님이 얼굴을 내비쳤다. 그 순간에 부실의 분위기라고 할지, 부원들의 표정이나 동작이 내뿜는 분위기가 변한 걸 알 수 있었다. 호시노 선생님은 스트레칭 중이던 나와 눈이 마주치자 싱긋 미소 지었다. 나도 모르게 시선을 피하고 말았다. ……나중에 우산을 돌려줘야겠다.

다들 어딘가 어색한 느낌인 채로 동아리 활동 시간이 끝나자 미리 맞춘 것처럼 여자부원들이 호시노 선생님한테 무리지어 갔다. 사는 곳이나 연인이 있는지 없는지 등을 묻고는 꺄아~ 꺄아~ 하며 떠들고 있다. 호시노 선생님은 싱긋 미소 지으며 그에 대응하고, 도요하시 선생님도 "어머나, 어머나."라며 웃으면서 그 광경을 보고 있다. 나는 그걸 곁눈질하며 짐을 정리하고 허둥지둥 다목적 교실에서 나왔다.

교복으로 갈아입은 뒤 직원용 입구 근처의 어두운 복도에서 내 비닐우산과 선생님의 우산을 들고 벽에 등을 기댄 채 서 있었다. 감사 인사를 적은 메모라도 곁들여서 교무실의 선생님 자리에 놓아둘까 하고도 생각했지만 그래서는 너무나도 무례한 느낌이 들어 이렇게 호시노 선생님을 기다리는 중이다. 하지만 오늘 아침 에리와의 일도 있고 해서 선생님과 얽히는 건 가급적 피하는 편이 좋겠다고 생각하고 있었다. 볼일이 끝나면 곧바로 돌아가자.

이윽고 또각또각하는 구두 소리가 나고 가방을 든 호시노 선생님이 나타났다. 아직 여기서는 정식 교사가 아닌 호시노 선생님은 다른 선생님보다도 일찍 퇴근하는 듯했다.

"어라, 스즈시로 양이잖아. 혹시 날 기다려 준 거야?"

"네, 이걸 돌려드리려고요."

어제 빌린 우산을 내밀자 호시노 선생님은 그걸 받아들었다.

"하하, 이런 건 조금 전 동아리 활동 시간에 건네주면 되는데. 그게 아니면 나랑 둘이서 있고 싶었어?"

갑자기 얼굴이 가까워져 선생님한테서 황급히 거리를 벌리고 머리를 숙였다. 내 의사와는 상관없이 소리를 내기 시작하는 가슴이 조금 얄밉다.

"아뇨. 그럼 이걸로 실례하겠습니다."

"매정하네~ 무슨 일 있었어? 어제는 즐겁게 같이 돌아갔잖아."

"아뇨, 정말로 아무 일도 아니라서요. 안녕히 계세요."

학생용 출입구로 가기 위해 그의 옆을 지나쳐 가려고 했을 때 선생님의 목소리 느낌이 변했다.

"미안, 내가 깨닫지 못하는 사이에 뭔가 불쾌한 느낌을 받게 한 거려나……. 학생과 친해질 수 있도록 노력하려던 생각이었는데……. 안 되겠네, 나는."

가라앉은 듯한 목소리에 다리가 멈추고 말았다.

"……아뇨, 선생님은 아무것도 잘못하신 게 없는데요. 그저 선생님과 있으면 제가 친구한테 미움받아 버리니까."

"어째서?"

시야 구석에서 선생님의 몸이 내 쪽을 향한 게 보였다. 어째서라는 말을 들은들 뭐라고 대답하면 좋지.

"나는."

선생님의 팔이 움직였다. 안 돼.

그의 손이 내 머리카락에 닿았다. 안 돼.

"나는 너랑 친해지고 싶어."

닿은 부분이 열이 나는 것처럼 느껴졌다. 마음이 움직여서는 안 된다.

토끼야, 어째서 와 주지 않는 거야.

▶▶

자신을 '엄마'라고 부르며 갑자기 울기 시작한 모르는 남자 고등학생에게 아이카의 어머니는 타당한 반응을 보였다.

"……죄송합니다만 누구시지요?"

"그게!"

나는 우산을 잡고 있지 않은 오른손으로 셔츠 목 부분 단추를 하나 풀고, 목까지 뻗은 상처를 보여주며 말했다.

"저는, 아이카 씨의 심장을 이식받은 수혜자입니다."

내 말을 듣고 아이카 어머니의 눈과 입이 천천히 휘둥그레졌고, 양손을 입가에 가져다 댔다. 그 눈에서 물방울이 선을 그리며 주르륵 흘렀다.

"아아……. 네가, 그렇구나. 몇 번이나 이식 코디네이터분을 통해서 편지를 보낼까 하고, 계속 망설이고 있었단다."

아이카의 어머니는 그렇게 말하며 천천히 내게 다가와 양손으로 내 어깨를 살며시 잡았다. 그 머리카락이나 어깨, 팔이 소리 없이 내리는 비에 젖어 갔다.

"엄마 비가……."

"어쩐 일로 여기까지. 어디서 왔니? 아아, 그것보다도, 그러네. 부디 들렀다 가주렴."

아이카의 어머니는 상냥하게 내 팔을 끌었고 나는 그 집에 들어갔다. 어슴푸레한 현관에도, 오래되어 거무스름해진 나무 바닥이나 벽에도, 약한 조명에 그림자가 진 이곳저곳에도, 내 눈은 본 적이 없을 터인 그 풍경 전부에 괴로운 향수를 느끼고 가슴이 삐걱거리는 것을 느꼈다.

안내해주신 조용한 일본식 방에서는 희미하게 향냄새가 났다. 안쪽에 문이 닫힌 작은 불단이 있고, 보자마자 차가운 것이 등을 지나가는 느낌이 들었다. 꿈속에서 봤던 그곳에는 이런 건 없었으니까.

"저……. 이건."

"그래. 괜찮다면 인사해 줄 수 있겠니?"

조용히 고개를 끄덕이자 어머니는 불단 앞에 방석을 깔고 거기에 조심스럽게 앉았다. 팔을 뻗어 불단 문에 손을 댔다. 그리고 천천히 그걸 움직이자 소리도 내지 않고 열린 그 나무문 안쪽에 웃는 얼굴의 아이카 사진이 있었다.

천천히 심호흡하고 마음을 진정시켰다. 괜찮다, 알고 있다. 그녀는 죽었다. 내가 그녀를 알기보다도 전에 아이카는 죽었다. 그래서 나는 지금 이곳에 있는 거다.

"아이카, 네 생명을 이어받아 준 사람이 놀러 와 줬단다."

어머니가 이번에는 내가 방석에 앉으라고 일어나셨다. "예법 같은 건 신경 쓰지 않아도 괜찮으니까 말이야."라며 건네준 말씀은 고마웠다.

잘 모르지만 불을 붙인 향을 올리고 밥그릇 모양의 종을 울리자 청량한 소리가 방을 감싸는 것처럼 퍼져나갔다. 그 편안한 소리 속에서 눈을 감고 조용히 손을 마주치자 그것이 내 안에 있는 아이카의 죽음을 받아들이는 의식 같은 느낌이 들었고 이를 악물어도 목 안쪽 깊은 곳에서 한심한 신음이 새어 나왔다. 어째서. 어째서, 아이카는.

"고맙구나. 아이카를 위해 울어 줘서."

뒤돌아봤더니 꿈에서 봤던 것보다도 제법 나이를 드신 것처럼 보이는 어머니께서 살며시 머리를 쓰다듬어 주셨다. 그 말에 나는 자신이 울고 있다는 것을 깨달았다.

"엄마……. 나는, 어째서……."

목소리는 떨리고 있었고, 심장이 아플 정도로 강하게 울리고 있었다. 나는 팔을 뻗어 엄마의 몸에 매달렸다.

"어째서 나는 죽고 만 거야……."

엄마는 놀란 것처럼 눈을 휘둥그레 뜨면서도 곧바로 다정하게 내 머리를 안아 주었다. 그 가슴에 얼굴을 묻고 나는 소리 높여 울었다. 줄곧 참아 왔던 것이 터진 것처럼 엄마의 부드러운 카디건이 눈물로 젖는데도 멈추지 못하고 나는 계속 울었다.

정신을 차리고 보니, 어느샌가 잠들었는지 나는 다다미 위에 누워 있었다. 반으로 접힌 방석이 베개 대신 머리 아래에 깔려 있고 몸에는 모포가 덮여 있었다. 꿈을 꾼 듯한 느낌도 드는데 이미 잊어버리고 말았다. 그것이 아이카의 심장이 지닌 기억인지, 단순한 나의 꿈인지도 알 수 없었다.

몸을 일으키자 부엌에 있던 아이카의 어머니가 손을 닦으며 이쪽으로 걸어왔다.

"어머, 일어났니? 힘들었나 보구나. 좀 더 쉬고 있어도 괜찮단다."

"죄송합니다. 처음 온 집에서 갑자기 자다니. 제가 엄청난 실례를 저질렀네요."

내 말에 어머니는 "후후후." 하며 부드럽게 웃었다.

"괜찮아. 자기 집이라고 생각하고 편히 지내 주렴."

"감사합니다. 그래서, 저기……."

내가 자세를 바로 고치자 어머니도 내 맞은편에 앉았다.

"다른 사람한테서, 아이카 씨는……. 스스로…… 목숨을 끊었다고 들어서."

어머니가 쓰라린 표정으로 얼굴을 찡그린 것을 보고 가슴에 욱신거리는 통증이 느껴졌다.

"그녀에게 무슨 일이 있었는지 알고 싶어서 오늘은 오게 되었습니다."

"그래……. 그렇, 겠지."

침울한 표정으로 몸을 웅크리는 어머니를 보고 황급히 고개를 저었다.

"저기, 괴로우시다면 물론 무리하게 말씀해 달라고는 하지 않을 테니."

어머니는 힘없이 웃고 등을 폈다.

"그 애랑 같아서 상냥하구나. 괜찮아. 누군가가 들어줬으면 좋겠다고 계속 생각했으니까."

그렇게 말하고 내 눈을 똑바로 봤다.

그녀의 집을 두드리는 저물녘의 비는 포근한 소리로 우리를 감싸고 있었다.

◀◀

은은한 조명이 켜진 어스레한 복도에서 호시노 선생님이 내 머리카락을 쓰다듬었고 내 몸은 경직되어 있었다.

"외로워. 나는. 남들한테 둘러싸여 있어도 마음을 항상 둘 곳 없어서 혼자야. 하지만 너와 함께라면."

뛰어서 도망치고 싶은데도 고막을 진동시키는 그의 속삭임과 손가락으로 만지는 감촉이 가시나무처럼 팔과 다리에 휘감겨 달콤하고 아프게 얽매여 온다. 몸이 뜨겁고 심장이 괴롭게 뛰고 있다.

선생님도 외로운 걸까. 내가 그걸 누그러뜨릴 수 있는 걸까.

그건 만질 수 없는 첫사랑 같은 것보다도 훨씬——

내 손가락이 호시노 선생님의 가슴에 닿으려던 때, 가슴 안에서 뜨거운 덩어리가 떠올랐다. 헉, 하고 숨을 삼켰다.

선생님의 손을 뿌리치고 나는 몇 걸음을 뛰었다. 뒤돌아서 고개를 숙이고는 다시 뛰기 시작했다. 선생님은 아무 말도 하지 않았다.

가슴은 쿵쾅쿵쾅 날뛰고 얼굴이 불타는 것처럼 뜨겁다.

"토끼야, 이건 그런 게 아니야. 아니라구."

학생용 출입구까지 다다르자 그곳 복도에 등을 기대고 주저앉아 흐트러진 호흡과 고동을 가다듬었다.

깨닫고 보니 가슴의 온기는 흔적도 남기지 않고 사라진 상태였다.

"정말. 누구야. 너는……. 날 어떻게 하고 싶은 거야? 난 어떻게 하면 좋아?"

양손으로 얼굴을 덮고 눈물을 흘렸다. 그리고 아무도 없는 귀갓길을 혼자 비닐우산을 쓰고 걸었다.

가족 앞에서 평소처럼 행동하는 게 조금 괴로웠다.

다음 날, 우산을 쓰고 여느 때의 통학로를 걸었다.

오늘도 호시노 선생님은 동아리 활동에 올까. 어떤 얼굴을 하고 만나면 좋은 걸까. 오늘은 금요일이니까 다음 주부터 호시노 선생님이 정식으로 임시 교사로서 수학 수업을 시작한다. 어떤 식으로 대하면 좋은 걸까. 여느 때 같았으면 주말 전이라 마음이 들떴을 금요일인데 어제 에리와 호시노 선생님과 있었던 일 때문에 오늘은 무척 가라앉은 기분이었다.

뒤에서 평소처럼 발소리가 가까이 다가오는 게 들렸다. 에리다. 마음이 위축되는 것처럼 느껴졌다.

"아이카!"

이름을 부르는 소리에 뒤돌아보니 에리는 울음을 터뜨릴 것 같은 표정을 짓고 있었다.

"어제는 미안. 왠지 엄청나게 감정적으로 변했어. 냉정하게 생각했더니 정말 시시한 일로 친구를 잃을 뻔했다는 걸 깨달았지 뭐야."

"아하하, 괜찮아. 에리가 감정적으로 변하는 건 옛날부터 있던 일이니까."

나는 웃으며 말했고 마음속 깊은 곳에서 안도의 한숨이 새어 나왔다. 나 역시 초등학교 때부터 알고 지낸 사이인 이 친구를 잃는 건 무척 괴롭다고 생각하고 있었으니까.

여느 때처럼 시시하지만 무척 즐거운 대화를 나누며 둘이서 우산을 쓰고 학교로 갔다. 조금 전까지 느꼈던 우울함은 이미 없어졌고 친구라는 존재가 얼마나 인생에 큰 영향을 미치는지를 실감했다. 나는 비를 맞아 흔들리는 접시꽃을 바라보며 이 애와의 관계를 쭉 소중히 여기자고 다시금 마음먹었다.

"그러고 보니 아코가 다니는 고등학교의 실내화는 단화가 아니라 슬리퍼래! 말도 안 되지 않아?"

"아, 그렇구나. 교복에는 단화가 아니면 마음이 확 풀어지는 느낌이 들지. 그래도 요새 그런 학교 많다고 TV에서도 말했었어."

"에엑~ 어른들은 어째서 그런 영문을 알 수 없는 규칙을 만드는 걸까."

"아하핫 그러네. 우리는 슬리퍼가 아니라 다행이야."

그런 대화를 나누며 신발을 벗고 신발장에 넣어 뒀던 실내화를 꺼내려고 손을 뻗었을 때,

"아야!"

중지 안쪽에 뭔가가 찔린 듯한 날카로운 통증을 느껴 황급히 손가락을 봤다. 마음속 깊은 곳에 공포나 불쾌감이 차가운 물처럼 스며들어 오는 것을 느꼈다.

에리 쪽을 힐끔 보니 눈치채지 못한 기색으로 반 친구와 인사하고 있었다. 그 모습과 지금 내 마음에 토끼가 없는 것에 조금 안도하며 살며시 실내화를 들여다봤다. 실내화 두 짝의 안쪽, 발뒤꿈치가 닿는 부분에 금색 압정이 테이프로 하나씩 붙어 있었다. 곧바로 그걸 떼어 내고 침에 찔리지 않도록 조심하면서 왼손 안쪽에 숨겼다. 발가락이 닿는 쪽에는 아무것도 없다는 것을 확인하고 나서 실내화를 내려놓고 그걸 신었다.

깊게 숨을 들이쉬고 천천히 내쉬었다. 이건 뭐지. 나를 향한 괴롭힘인가.

자신을 향한 명확한 악의에 심장이 움츠러드는 듯한 두려

움을 느꼈다. 그것과 동시에 부글부글하며 화가 치밀기 시작했다. 내가 뭘 했다고 그러는 거야. 이런 짓을 한 사람한테는 내가 뭔가 마음에 안 드는 부분이 있었던 것이리라. 그렇다면 내게 직접 불만을 말하면 되잖아. 이렇게 간접적으로 전한들 뭐가 좋지 못했는지 알 수 없고 개선할 방도도 없다. 내가 상처를 입을 뿐 아무런 진전도 없다.

"아이카, 복잡한 표정을 하고선 왜 그래?"

에리의 말에 내가 인상을 찌푸리고 있다는 걸 알아차렸다. 정신이 퍼뜩 들어 고개를 저었다.

"앗, 아니, 아무것도 아니야."

순간적으로 얼버무리고 말았다. 이 감정 풍부한 친구한테 이 일이 알려졌다가는 호들갑스럽게 떠들어 이야기가 퍼질 것 같은 느낌이 들었고 왠지 모르게 그게 무서웠다.

마음을 까끌까끌하게 핥는 듯한 왼손에 쥔 압정과 테이프의 차가운 감촉을 느끼며 나는 다시 심호흡했다.

▶▶

"아이카는 정확하게는 자살이 아니라 자살 미수였단다."

"예……?"

내 귀에서 빗소리가 사라진 듯한 느낌이 들었다. 귀와 마음이, 온몸이 어머니가 하는 말에 집중하고 있는 것을 알 수 있었다.

"3년 전의 오늘처럼 바람이 불고 비가 내리는 날이었지. 집에 아무도 없을 때, 자기 방에서 멀티탭 전선 코드로 목을 매었지……. 하지만 코드를 걸어 뒀던 천장의 다락방으로 가는 점검문이 부서져서 숨이 끊기기 전에 아이카의 몸은 바닥에 떨어진 거야. 그 상태에서 일을 끝내고 돌아온 내가 발견해서 곧바로 구급차를 부르고 병원으로 옮겼단다. 하지만 아이카의 의식은 줄곧 돌아오지 않아서. 머잖아 뇌사 판정을 받았어."

그녀의 어머니는 어딘가 먼 과거를 회상하는 듯한 눈을 하고 있었다. 그 시선 끝에는 과거에 딸이 지었던 미소나 추억이 비치고 있는 것이리라.

"그 애가 장기 기증 카드를 가지고 있는 건 전부터 들었고 알고는 있었지만, 인공호흡기를 단 채로 계속 잠들어 있는 아이카 앞에서 몇 번이고 몇 번이고 며칠이나 고민했단다. 누군가를 구하고 싶다는 아이카의 훌륭한 의지를 존중해 주고 싶다. 하지만 그 애는 내게 있어 소중한 딸이고 떠나보내고 싶지 않다. 그렇지만 수많은 관과 기계에 연결되어서 몸만 살아있는 상태로 유지되고 있는 아이카를 편하게 해주고 싶기도 하다고 말이지."

어머니는 오른손으로 입가를 눌렀다. 그 목소리에 떨림이 섞였다.

"혼자 고민하지 말고 이야기해주길 바랐어. 괴롭다면 학교 따위 가지 않아도 되고 뭐든 해줬을 텐데. 살아만 있어 준다면 얼마든지 방법은 있었을 텐데. 어째서……."

그렇게 말하며 하염없이 우는 눈앞의 사람에게 뭐라 말을 걸면 좋을지 알 수 없는 내가 한심했다. 잠깐 망설였지만 계속 신경 쓰였던 점을 물어봤다.

"저기……. 유서 같은 건 있었나요?"

어머니는 조용히 고개를 가로저었다.

"진정됐을 무렵에 그 애의 방을 정리했는데 그런 건 찾지 못했단다. 그즈음 조금 기운이 없는 것 같다고 느끼긴 했는데 그렇게까지 스스로를 몰아넣고 있었다니……. 알아차려 주었다면."

깊고 가느다란 한숨 같은 호흡을 하고 나서 어머니는 감고 있던 눈을 천천히 떴다.

"하지만 그때로부터 몇 년이나 지난 지금은 자기가 죽어도 누군가에게 도움이 되고 싶다는 그 애의 의지를 자랑스럽게 생각해. 그도 그럴 것이 그 덕분에 네가 새로운 삶을 받아서 이렇게 놀러 와 줬는걸."

그렇게 말하고 미소를 지은 눈가에 부드러운 주름살이 졌다. 어머니의 상실이 지닌 깊은 슬픔과 아이카의 생명이 지닌 반짝임에 걸맞은 가치가 나한테 있는 것인지 면목 없어 고개를 살짝 숙였다.

"……이것저것 말했지만 기증에 관한 건 신경 쓰지 말고 너는 너의 인생을 살아 줬으면 좋겠단다. 아이카를 생각해 주는 건 무척 기쁘지만 그 애가 남긴 것에 네가 속박되는 건 아이카가 바라는 일이 아닐 거라고 생각해."

나를 생각해 주는 고마운 말씀이었지만 그건 불가능할 것 같았다. 그녀의 심장 덕에 삶을 이어나가고 있다는 사실도, 내 의사와는 무관하게 그 심장이 보여주는 그녀의 기억도, 거기서 그녀가 보는 경치나 그녀 자신의 아름다움도 이미 내게는 둘도 없이 소중한 것이며 그녀가 그걸 바라지 않는다 할지라도 그녀의 존재에 얽매이는 건 내가 바라는 일이었으니까.

멀리서 왔을 테니 하룻밤 자고 가라고 저녁도 만들고 있다고 말하는 어머니의 권유에 아무리 그래도 죄송하기에 몇 번인가 사양했지만, 내일은 토요일이어서 학교에 가지 않는다는 것과 조금 더 아이카에 관한 것을 알고 싶다는 마음에 져서 어머니의 권유를 받아들이기로 했다. 아니, 그뿐만이 아니라 나는 어쩌면 어머니라는 존재나 가정의 따뜻함에 굶주려 있었던 것일지도 모른다. 감사 인사를 한 뒤 나의 어머니에게는 거짓 귀가 연락을 보냈다.

아이카를 좋아하는 한 명의 남자로서는 그녀의 아버지와 대면하는 것에 적잖은 망설임과 긴장이 있었지만 어머니께서 사전에 연락하셨는지 아버지께서 귀가하자마자 그 단단한 팔로 나를 안았다. 꿈속에서 봤던 것처럼 조용하지만 다정하며 딸을 매우 사랑했던 아버지라는 사실이 나를 꼭 껴안는 그의 팔 힘에서 느껴져 나는 그의 정장 재킷을 눈물로 조금 적시고 말았다.

그녀의 추억 이야기를 듣고 때때로 그녀가 실수한 이야기나 일화에 웃으며 따뜻한 저녁을 먹었다. 여기는 따뜻하고 온화하며 다정하고 사랑으로 가득 차 있어, 아이카. 그런데도 너는 어째서 그런 결말을 선택해 버린 거야. 내가 그 자리에 있었다면 널 절대로 혼자 두지 않았을 텐데.

아버지가 쓰려고 사 뒀던 물건일 터인 사용하지 않은 남자 속옷과 잠옷까지 빌리고, 목욕도 하게 되었다. 욕조에 몸을 담그고 무릎을 끌어안으며 옛날에는 여기서 아이카도…… 라는 잡념을 필사적으로 떨쳐 냈다. 그런 장면을 꿈에서 보지 않은 건 다행이었을지도 모른다.

불단이 있는 일본식 방에 손님용 이불을 깔아 주셔서 나는 그곳에서 잠을 청했다. 빈방이 이곳과 아이카의 방밖에 없는 듯해서 손님을 위패를 둔 방에서 자게 하는 것을 어머니는 연거푸 사과하셨다. 하지만 나로서는 그런 거 전혀 신경 쓰이지 않았고, 딸의 소중한 추억이 가득 차 있는 곳일 아이카의 방을 쓸 수도 없는 노릇이다. 게다가 이곳은 분명 그녀를 가장 가까이에서 느낄 수 있는 장소라는 생각이 들었다.

이불을 덮고 눕자 하루 종일 긴장하기도 하고 오래 이동해서 그런지 몸이 느른하여, 졸음은 금방 나를 의식의 바다 깊은 곳으로 가라앉혔다.

그리고 또, 꿈을 꾸었다.

제2장

바꾸는, 미래

◀◀

방과 후의 연극부는 전날과 똑같은 분위기로 진행되었다.

아니, 그야 그럴 것이다. 이 빈 교실에 오는 것을 망설이게 만든 어제의 일은 나와 호시노 선생님 둘 사이만의 문제고, 당사자인 호시노 선생님은 아무 일도 없었다는 듯한 표정으로 오늘도 얼굴을 내비쳐 여자들이 꺅꺅거리고 있다. 어제의 일은 내가 백일몽이라도 꾸고 있었던 것 아닐까 하고 생각될 정도로 선생님의 태도는 평범했다. 그렇다고 하더라도 머리카락에 닿은 감촉이나 귓가에 속삭였던 그의 고독은 하룻밤이 지난 지금도 선명하게 몸에 남아 있었다. 그래서 이런 답답한 마음을 모르는 것처럼 시치미를 뗀 얼굴로 나타난 호시노 선생님이 약간 불만스러웠다.

하지만 아무 일도 없이 지나가서 평소와 같은 일상으로 돌아간다면 그게 제일 좋다. 그렇게 생각하고 있었다. 하지만, 그렇게는 되지 않았다.

동아리 활동 시간을 끝내고 집에 가고자 학생용 출입구로 향했다. 유리창 너머로 보이는 바깥은 지금도 비가 내리고 있었다. 오늘도 신발과 양말이 젖겠구나 한숨과 함께 각오하며 신발장을 들여다보니, 거기에 있어야 할 터인 내 신발이 없었다.

오싹하고 차가운 손에 내 마음이 붙잡힌 듯한 느낌이 들었다.

오늘 아침, 내 실내화 안에서 발견하여 순간적으로 왼손에 숨기고 그 후 어디에다 처분하면 좋을지 몰라 그대로 가방에 넣어 둔 테이프가 붙은 압정의 존재를 떠올렸다. 누군가가 명확한 악의를 가지고 날 상처입히려 하고 있다.

여기에 넣어 뒀던 로퍼는 고등학교 입학 때 엄마가 사주었다. 엄마한테도 아빠한테도 죄송한 마음이다. 그 기분이 내 눈에 눈물을 번지게 했다.

호흡이 흐트러지고 손이 떨린다. 몸이 바깥쪽부터 급속히 온도를 잃어 가는 듯한 공포와 슬픔 속에서 내 안에 하나의 열이 켜졌다. 이럴 때 그가 오다니!

"앗, 저기, 이건, 그런 게 아니야."

누구에 대한 변명인지도 알 수 없는 혼잣말을 떨면서 내뱉었다. 내 입술이 날 무시하고 충동적으로 움직여 마음속 열이 목소리를 내었다.

"내가 널, 혼자로 만들지 않겠어!"

힘찬 그 소리와 함께 내 귀에 들어오는 그 밖의 모든 잡음이 한순간 사라진 느낌이 들었다.

"어……?"

자기 입이 낸 목소리에 자기가 놀라는 건 아마도 태어나서 처음이었다. 가슴 속 열은 불꽃처럼 타올라 뜨거울 정도로 뛰고 있다.

"어어……?"

몇 초 뒤, 놀란 목소리가 다시 내 입을 움직였다. 하지만 그건 내 의사가 아니었다.

이번에는 말을 준비해서 나의 의사로 목소리를 냈다.

"혹시, 너는, 토끼인 거야?"

'……그러고 보니 가끔 그 단어를 말했었는데 그건 뭐야? 적어도 나는 귀가 길고 폭신폭신한 동물이 아니라 인간인데?'

이번에는 머릿속에 목소리가 울렸다. 이전에 몰랐을 터인 호시노 선생님의 이름을 부를 때와 똑같은 목소리다. 내 입으로 이야기하는 것과 내 머릿속으로 이야기하는 건 어떻게 다른 걸까. 그런 의문은 금방 날아가 버릴 정도로 마음은 흥분 상태였다.

"굉장해, 나 지금 토끼랑 이야기하고 있는 거구나! 아, 토끼라는 건 가끔 마음속에 느껴지는 너의 존재를 내가 멋대로 그렇게 부르고 있는 것뿐이야."

'어……? 전부터 나를, 느끼고 있었어?'

머리뼈 속을 떨리게 만드는 듯한 그 부드러운 목소리에 무심코 마음이 간지러워졌다.

"맞아, 계속 전부터――"

말하려는데 입구로 이어지는 복도에서 이야기 소리가 가까이 다가오는 걸 알아차리고 황급히 입을 다물었다. 흥분한 상태이기는 하지만 아무리 그래도 혼자서 대화하는 모습을 보였다간 곤란하다는 현실 감각은 남아 있었다.

조금 머뭇거렸지만 나는 실내화를 신은 채로 우산을 쓰고 입구 밖으로 뛰쳐나갔다. 비는 금세 방수성 따위 손톱만큼도 없는 학교에서 나눠준 실내화에 스며들어 양말까지도 흠뻑 적셨다.

'으앗, 괜찮아?'

머릿속 목소리가 나를 걱정해 주었다.

"괜찮아. 내일은 쉬는 날이라!"

'그런 문제가 아닌데…….'

발이 흠뻑 젖은 것도, 신발이 없어진 것도 지금은 아무래도 좋다. 그만큼 토끼와 대화할 수 있는 것이 기뻐서 히죽거렸다. 자신의 단순함과 흔들리는 감정을 인식하고서 에리한테 뭐라고 할 처지는 못 되겠다는 생각이 들었다. 비가 내리는 귀갓길을 걸으며 계속 대화했다.

"저기, 토끼야. 너는 누구야? 이름이 뭐야?"

조금 주저하는 듯 뜸을 두더니 머릿속 목소리는 이름을 말해줬다.

'……호즈미, 이쿠토.'

"호즈미? 익숙지 않은 성씨네. 어떤 한자야?"

'8월 1일(八月一日)이라고 써. 1일 한자는 흔하지 않은 삭일(朔日)이 정식 표기지만.'

"헤에, 희귀한 성씨구나. 이름은?"

또 망설이듯 뜸을 들였다.

'……갈 행(行)에 토끼 토(兎)를 써서 이쿠토(行兎).'

"어?! 정말로 토끼였구나! 아하핫!"

내가 웃자 그는 금방 불만스러운 듯한 목소리를 냈다.

'웃지 말아 줘, 이 이름 안 좋아하니까.'

"뭐어~? 어째서?"

'어째서냐니. 남자 이름에 토끼가 들어가는 건 바로 놀림거리가 돼. 어릴 적에 얼마나 놀리던지……. 게다가 풀 네임으로 호즈미 이쿠토(八月朔日行兎)라고 쓰면 뭔가 불길해 보이는 느낌이야. 백귀야행(百鬼夜行)처럼 말이지.'

"아하하핫!"

내 앞을 걷고 있던 샐러리맨처럼 보이는 사람이 이쪽을 돌아봤다. 황급히 우산으로 얼굴을 가렸다.

"아니, 좋은 이름이라고 생각해. 토끼는 길조를 상징하는 동물이니까 말이야. 분명 토끼처럼 사뿐하게 앞으로 나아가 줬으면 좋겠다는 바람이 있는 것 아닐까."

'그러려나…….'

그는 납득이 안 되는 듯한 목소리였지만 나는 기뻐서 마음속으로 몇 번이고 그의 이름을 노래하는 것처럼 반추했다.

호즈미, 이쿠토. 호즈미, 이쿠토.

▶▶

“그래서, 호즈미 군은 대체 정체가 뭐야? 설마 내가 자신 안에 만들어 낸 또 하나의 인격이라는 슬픈 결말은 아니겠지.”

아이카의 질문에 대답하기가 망설여졌다. 네가 죽은 후에 너의 심장을 이어받은 수혜자라는 대답은 사형 선고 같은 것이다.

‘그건…… 어떤 사정으로 말할 수 없지만. 그래도 결코 수상한 사람은 아니니까.’

“아하핫! 그거 수상한 사람이 말하는 대사야!”

‘아니, 진짜로——’

“응, 알아. 줄곧 내 안에서 날 소중하게 생각해 주었다는 거 알고 있어.”

그녀의 심장이 기분 좋게 고동치고 있는 것이 느껴진다.

“그러니까, 너에 대해 알고 싶어. 조금 전에 사람이라고 말했는데 몸은 다른 장소에 있어? 어째서 가끔 내 안에 나타나는 거야?”

내 대답을 기다리고 있다. 어떻게 대답해야만 할까. 신중하게 말을 고르며 그녀의 안에서 목소리를 냈다.

'몸은, 다른 장소에 있어. 확실한 건 사회에 한 사람으로서 생활하는 중이라는 거야. 자세한 이유는 나도 모르지만 내가 잠들거나 의식을 잃으면 가끔 네 안에 들어가는 모양이야.'

"헤에, 신기하네. 어째서 나일까."

아이카는 살짝 우스개를 떠는 듯한 목소리로 "조금 운명적이네."라고 덧붙였다.

"앗, 혹시 내가 생각하는 것까지 전해져 버려?"

'아니, 그렇지는 않아. 보거나, 듣거나, 만지거나 하는 몸의 감각을 공유할 뿐인 것 같아.'

"그렇구나, 다행이다~"

그녀는 "휴." 하고 가슴을 쓸어내렸다. 나한테 들리면 곤란한 것이라도 있는 건가 생각했는데 마음을 엿보인다는 건 누구한테든 기분 좋은 일은 아니리라.

"음~, 그럼 호즈미 군은 몇 살이야?"

'올해로 16살이야.'

"와아, 그럼 나랑 동갑이네!"

아무 생각 없이 말해 버리고 나서 아뿔싸 싶었다. 그녀가 살아있는 그 시간에 존재하는 본래의 난 지금은 몇 살일까.

"다행이다. 자연스럽게 반말로 이야기했는데 연상이면 어쩌지 싶었거든. 그럼, 그럼, 어디에 살아? 만나러 가거나, 할 수 있으려나?"

——배와 대추, 수수와 밤이 잇따라 영글어도

나는 떨어져 있는 그대와 지금은 만날 수 없지만——

그 단가가 뇌리를 스쳤고 가슴이 애절하게 뛰는 것을 느꼈다. 이건, 너의 심장 소리?

너를, 만나고 싶어. 언젠가, 만나고 싶어. 하지만——

'아니…… 엄청, 머니까, 어려울 거야.'

"그렇구나. 아쉽네……. 그럼, 그러면 말이야."

그녀의 심장이 괴로울 정도로 빠르게 울리고 있다. 뺨이 뜨거워지는 것을 느낀다.

"줄곧 내 안에서 너를 따뜻하게 느꼈는데, 어째서 나를…… 소중하게 생각해 주고 있었던 거야?"

가슴이 메는 듯한 느낌이 들었다. 내 고동은 너의 심장과 연결되어서 너한테도 들리고 있는 걸까. 나한테 네가 더할 나위 없이 소중한 건——

'그건, 내가, 너를——'

갑자기 접속이 끊긴 것처럼 시야가 암전되어 깜짝 놀라 눈을 뜨니, 아직 약한 아침 햇살이 비쳐 들어오는 일본식 방의 천장이 보였다. 가느다란 빗줄기가 그녀가 없는 집을 두드리는 소리가 들린다.

"아, 아아…….'

눈을 감으니 눈물 한줄기가 흘러내려 귀를 적셨다. 왼쪽 가슴의 심장이 아직 두근두근 소리를 내며 고동치고 있다.

이불에서 상반신을 일으켜 무릎으로 바닥을 디뎠다. 그리고 왼손을 뻗어 머리 쪽에 있었던 불단 문을 살며시 열었다. 그녀가 더는 이곳에 없다는 것을 증명하는 것처럼 어제 봤던 것과 변함없이 미소 짓는 그녀의 사진이 거기에 있었다.

"아이카……."

그 꿈은 정말로 그녀의 기억을 추체험한 것일까. 어째서 거기에 내가 간섭할 수 있는 건가. 그 시간은 과거로 이어져 있기라도 하다는 건가. 아니, 단순한 꿈이다. 그런 말도 안 되는 일이 있을 리가 없다.

하지만, 만약.

만약 그 꿈속에서 아이카의 슬픈 선택을 막을 수가 있다면.

그녀의 미래를 바꿀 수 있는 것 아닐까――

그렇게 생각했을 때 왼쪽 가슴 언저리에 강하게 비틀리는 듯한 격통이 지나갔다.

"크윽! 아아악!"

바닥에 이마를 짓누르고 통증이 느껴지는 가슴 부분의 셔츠를 꽉 쥐었다. 온몸에서 땀이 솟구쳐 나오고 목이 찌부러진 것처럼 숨을 쉴 수가 없었다. 다행히 통증은 금방 사라졌고 같은 자세를 유지한 채 잠시 호흡을 가다듬었다.

나는 그녀의 심장 덕에 삶을 이어나가고 있다. 만약 과거가 변해서 아이카가 살아나게 되면 그녀가 사는 세계에 나는…….

"배와 대추, 수수와 밤이 잇따라 영글어도
나는 떨어져 있는 그대와 지금은 만날 수 없지만……."

그녀가 좋아하는 단가를 중얼거리는 내 목소리가 가늘게 떨리고 있었다.

널, 만나고 싶어. 언젠가, 만나고 싶어. 하지만 나와 너의 길은 어떻게 한들 교차하지 않아.

그렇다고 하더라도, 나는…….

◀◀

"앗……."

귀갓길을 걷는 흠뻑 젖은 실내화가 여느 때처럼 제방에 접어들었을 때, 가슴 속의 열이 갑자기 사라진 것이 느껴졌다. 토끼가── 아니, 호즈미 군이 돌아갔다. 좀 더 이야기하고 싶었는데.

"그건, 내가, 너를……."

그가 마지막에 하려던 말을 반복해 봤다. 뭐라고 말하려 했던 걸까.

발을 멈추고 습도가 높은 공기를 들이마셨다. 아직 가슴에 남아 있는 두근거림을 놓치지 않도록 숨을 천천히 내쉬자 마음속에서 흘러나온 감정이 저물녘의 비가 오는 하늘로 피어올라 가는 듯한 느낌이 들었다.

"긴장, 됐었지."

조금 전에 겪은 신기한 체험의 여운이 아직 몸에 남아 있다. 좋아하는 사람과 이야기하고 가슴이나 눈, 뺨 주위가 화끈화끈하며 열을 띠어 부유하는 것 같은 아늑함.

그것과는 대조적으로 내 발은 계속해서 내리는 비에 보호받지 못하고 시시각각으로 체온을 빼앗기고 있어서 그 사실이 또 내 마음에 어둠을 툭 떨어뜨렸다. 그에게는 괜찮다고 말했었지만.

여기서부터라면 학교 현관까지 10분 정도. 역시 조금 더 찾아보자고 발걸음을 되돌려 방금 전까지 호즈미 군과 걸어왔던 길을 혼자 되돌아갔다.

당연히 내 신발장을 한 번 더 봐도 갈색 로퍼의 그림자는 없었다. 신발장 주변을 조금 찾아보고 여기에는 없기를 기도하면서 현관 로비에 있는 쓰레기통을 살펴봐도 찾을 수가 없다. 울고 싶어지는 마음을 한숨으로 얼버무렸다. 그대로 돌아가는 편이 좋았을까.

"스즈시로 양."

"꺄앗."

바로 뒤에서 이름을 부르는 소리에 놀라 뒤돌아보니 호시노 선생님이 있었다.

"이번에는 무슨 일이니? 또 우산이 없다는 건 아닌 듯한

데."

"아, 아뇨……."

선생님은 실내화를 신고 나가면 안 되는 장소에 서 있는 나를 보고 눈치챘다.

"어라, 그거 실내── 아, 혹시 신발 도둑맞았어?"

"저기, 그게."

"남의 물건을 훔치다니 괘씸한데! 이건 엄연한 도난이고 범죄니까 피해 신고를 하자. 기다리고 있어 봐. 교감 선생님께 이야기하고 올 테니까."

"아, 기다려 주세요!"

이미 가려고 몸을 돌린 선생님을 황급히 말렸다. 일이 커지면 커질수록 그 후의 보복이 무서워서 알리기보다 이 악의의 파도가 시간과 함께 서서히 지나가는 것을 조용하게 기다리고 싶었다.

"신발은 이제 버리려고 했던 낡은 거라서 괜찮아요. 처분하는 수고를 덜었지 뭐예요."

그렇게 거짓말을 하며 넘쳐흐를 것만 같은 눈물을 꾹 참고 있었다. 선생님은 내 얼굴을 잠시 본 뒤 "뭐, 네가 그렇게 말한다면."이라며 물러나 주었다.

"하지만 그 상태라면 돌아갈 수 없잖아. 차로 또 바래다줄게."

"아, 아뇨, 그건……."

"요전에 차 타고 간 거리로 예상하면 여기서 네 집까지 걸어서 20분 정도 걸리지? 실내화로 이 빗속을 걷는 건 좀 힘들텐데."

"그래도, 역시."

"너한테는 사과하고 싶은 것도 있으니까 말이야. 기다리고 있어, 차 빼 올게."

강하게 사양하는 나한테 그 말만 하고는 선생님은 교직원용 출입구 쪽으로 뛰어갔다.

이윽고 선생님의 자동차가 학생용 출입구 앞에 섰고 나는 이렇게 되면 강하게 거절하는 것도 미안한 생각이 들어 비닐우산을 펼쳐 출입구 밖으로 나갔다. 전처럼 문이 조금 열린 조수석에 올라타 안전벨트를 매자 자동차는 부드럽게 달리기 시작했다. 앞 유리를 두드리는 빗방울을 와이퍼가 조용히 떨어냈다.

"신발, 정말로 괜찮아?"

"……네."

"도둑맞을 만한 고급 신발이었어?"

"……아뇨."

"으음……."

차 안이 어색한 분위기로 가득 차는 것을 알 수 있었다. 선생님이 왼손으로 라디오를 켜자 서글픈 느낌의 재즈 노래가 흘러나왔다. 선생님은 곧바로 채널을 바꿨지만, 어떤 것이든지 분위기에 맞지 않다고 생각했는지 이윽고 라디오를 껐다.

"……아아, 그런데 내일은 토요일이라 쉬는 날이지. 스즈시로 양은 평소 쉬는 날에는 뭘 하고 지내?"

"딱히 별 건……."

선생님한테는 죄송하지만 마음에 슬픔이 가득 차 가라앉은 데다가 보이지 않는 악의의 표적이 되었다는 공포로 무서워져서 대화를 할 수 있을 만한 상태가 아니었다.

호시노 선생님의 어제 행동이라든지, 압정이 들어가 있었던 일이라든지, 신발이 없어진 일이라든지, 호즈미 군과 이야기할 수 있어서 들떴던 일이라든지, 아직 차가운 발이라든지, 실내화로 집에 돌아간 걸 엄마한테 어떻게 변명할지 등등 갖가지 일과 생각이 뒤죽박죽돼 마음을 빙글빙글 휘저어 어지러웠다. 고개를 숙이고 있어도 채 숨길 수 없는 눈물이 흘러넘치고 말았다. 황급히 손으로 닦았지만, 선생님한테는 들키고 말았으리라.

교차로 신호에서 차를 세운 선생님은 한숨을 한번 내쉰 뒤 중얼거리는 것처럼 "좋아."라고 말하고는 깜박이를 켰다. 틱, 틱, 하는 메마른 소리가 일정하게 차 안에 울렸다.

"너희 집, 통금 시간이라든가 있어?"

"네? 아뇨, 없는데요."

"그러면 말이지."

호시노 선생님은 고개를 앞으로 향한 채 시선은 내게 향했다. 그 멋진 옆모습이 빨강 신호등 불빛을 받아 저물어 가는 공기 속에 어슴푸레하게 떠올라 있는 것처럼 보였다. 선생님은 입꼬리를 조금 올리고 장난스러운 미소를 지으며 말했다.

"지금부터 사러 가자, 신발."

"엇, 저, 지금 돈이 별로 없어요."

"사줄게."

"네?! 그런 건, 죄송해요."

"너한테 사과하고 싶은 게 있다고 했잖아. 사과의 표시로 받아줘."

"하지만, 차로 바래다주시는 데다가 선생님께서 돈까지 쓰시게 하는 건……."

"나는 전혀 신경 안 쓰지만 말이야, 어른의 선의를 과도하게 사양하는 건 때로 실례가 되기도 하니까 조심하는 편이 좋아. 게다가 나는 이래 보여도 공무원이라고."

'거절하기 어려운 흐름을 만드는 게 항상 능숙한 사람이네.' 나는 생각했다. 선생님의 옆모습을 비추는 빛이 빨간색에서 녹색으로 바뀌고, 자동차는 우리 집과는 다른 방향을 향해 달리기 시작했다.

▶▶

그녀의 본가에서 아침을 먹은 뒤, 아이카의 아버지와 어머니에게 정중하게 감사 인사를 드리고 나는 그 집을 나섰다. 떠날 때 어머니께서 해주신 말씀에 나는 또다시 눈물을 머금고 말았다.

"또 언제든지 놀러 오렴. 너는 이미 또 한 명의 우리 자식 같은 존재니까."

부모라는 존재의 따뜻함이 가슴속에 번져 나가는 것처럼 느껴져 머리를 깊이 숙였다.

감사합니다. 그 약속을 지킬 수 있을지 알 수 없지만 여기서 지낸 시간은 짧긴 해도 제게는 둘도 없이 소중한 시간이었습니다.

아이카의 집을 뒤로하고 나는 다시 꿈에서 봤던 기억을 더듬었다. 부드러운 안개비 속을 5분 정도 걸어가니 그 집이 있었다. 역시나 어릴 적부터 친구인 만큼 근처라고 부를 수 있는 거리다.

아이카는 언제나 그 사람을 이름으로 불렀기에 성씨는 익숙지 않았지만 나도 꿈에서 몇 번인가 본 '모리야마'라는 표찰을 확인했다. 긴장감으로 술렁이는 가슴을 달래는 것처럼 심호흡을 한 번 한 뒤 인터폰 버튼을 눌렀다. 잠시 후 스피커에서 잡음이 섞인 젊어 보이는 인상의 여자 목소리가 들렸다.

"네~에."

나도 스피커 아래쪽 마이크에 대고 말했다.

"저, 에리 씨 있나요?"

"네, 있습니다만, 누구시죠?"

"고등학교 때 친구입니다. 근처에 들러서 오랜만에 인사나 할까 하고 생각해서요."

순간적으로 거짓말을 하고 말았지만, 이렇게라도 말하지 않으면 문전박대당할 것 같은 예감이 들었다.

이윽고 집 안에서 계단을 뛰어 내려오는 듯한 소리가 났고, "남자친구?" "아니야!"라고 짧게 주고받는 목소리가 스피커에서 새어 나왔다. 그리고 접이식 대문을 사이에 끼고 몇 미터 앞에 있는 현관문이 열렸다. 거기서 밤색으로 밝아진 머리카락을 포니테일로 묶은 아이카의 친구가 운동복 차림으로 얼굴을 내밀었다.

"에리!"

깨닫고 보니 목소리가 내 입에서 엉겁결에 튀어나와 내 의사보다도 먼저 그녀의 이름을 부르고 말았다. 조금 현기증이 나서 왼손으로 머리를 눌렀다. 어라, 이 감각은…….

"어……, 누구야?"

갑자기 친한 듯이 자신을 이름으로 부르는 나를 보고, 에리는 명백히 경계하는 기색을 보였다.

"아, 죄송합니다, 갑자기……. 저기, 저는 스즈시로 아이카 씨의 지인입니다만."

그녀의 이름을 꺼내면 마음을 열어 줄 거라고 생각했다. 하지만 그건 낙관적인 생각이었음을 깨달았다.

"……무슨 볼일이죠?"

에리는 표정이 굳어져서는 조금 전보다도 경계심이 강해진 듯했다. 기분 탓인지 에리의 얼굴이 새파래진 느낌이 든다.

"아이카 씨한테 무슨 일이 있었는지 알고 싶어서요. 알고 있는 것이 있다면 이야기해주셨으면 합니다."

"왜 당신한테 아이카에 대한 이야기를 해야 하는 거죠?"

"당신은 아이카 씨의 친한 친구였다고 들었습니다. 제게도 그녀는 특별한 사람입니다. 그러니 어째서 그런 결말을 선택해 버렸는지 알고 싶습니다!"

에리는 눈살을 찌푸리고 떨떠름한 표정을 띠었다. 망설이는 것처럼 입을 열었다.

"그딴 애……."

눈앞에서 차가운 바람이 분 느낌이 들었다.

"내 친구, 아니야."

바람은 돌풍으로 변하여 얼음 같은 빗방울을 머금고 내 몸과 아이카의 심장을 강타했다. 가슴이 끼릭끼릭하는 소리를 내며 아파하고 있는 것처럼 느껴졌다.

더는 이야기할 건 없다고 말하는 것처럼 에리는 현관문을 열고 그 뒤편으로 사라졌다.

"왜——"

또다시 현기증이 났고 소리를 내고 있던 내 목소리를 다른 나의 목소리가 앞질렀다.

"에리! 어째서야!"

들고 있던 우산이 도로에 떨어지고, 내 양손이 접이식 대문을 붙잡았다. 철컹거리며 울린 소리는 금방 비가 내리는 마을 속으로 빨려 들어갔다. 에리는 불쾌감을 노골적으로 드러낸 표정으로 현관문 너머에서 다시 모습을 나타냈다.

"조금 전부터 뭐야, 당신. 어째서 처음 보는 사이인데 함부로 이름으로 부르는 거야?"

"왜 친구가 아니라고 말하는 거야? 내가 뭔가 했어? 사과할 테니까 가르쳐 줘!"

입이 멋대로 움직인다. 뭐지, 이건. 머리가 어질어질하다. 기다려 줘, 신중하게 대화하지 않으면 안 돼.

"뭐야, 당신. 기분 나쁜데, 돌아가 주겠어?"

내 눈에서 눈물이 흘러 떨어졌다.

"계속 친구라고 생각하고 있었던 건, 나쁜이야……?"

"계속 소란 피우면 경찰 부를 겁니다."

에리는 그렇게 차가운 목소리로 말하고는 집 안으로 들어가 버리고 말았다. 차가운 안개비가 시시각각 나를 적셔 간다. 왼쪽 가슴이 통증과 혼란으로 날뛰고 있다.

"여기에……."

천천히 오른손을 들어 왼쪽 가슴에 갖다 댔다. 욱신욱신하고 아픔을 동반하면서 박동하는 것이 느껴진다. 어째서 인간은 괴로울 때 가슴이 아픈 걸까.

"……여기에, 있어? 아이카."

내 입이 안개비가 섞인 공기를 들이마셨다. 슬픔으로 움츠러들어 있던 폐가 약간이지만 부풀어 올랐고 주저하는 것처럼, 망설이는 것처럼 살며시 공기를 내뱉어 내 목을 진동시켰다. 그리고 그 목소리는, 내 이름을 불렀다.

"호즈미, 군……?"

이어졌다——고, 나는 생각했다.

◀◀

호시노 선생님은 역 앞 쇼핑몰을 향해 자동차를 운전하며 중얼거리는 듯한 성량으로 이야기하기 시작했다.

"나 말이야, 고등학교 때부터 연극부에 들어가서 대학교 다닐 때 극단에서 연기자를 했었으니까 '연기한다'라는 게 아마 마음에도 몸에도 배어들어 버렸어."

선생님이 무슨 말을 하고 싶은지 알 수 없지만 나는 잠자코 선생님의 옆모습을 봤다.

"맡은 배역으로 완전히 변해서 주위가 바라는 모습을 연기하고 평가받는 게 기뻐서 그걸로 괜찮다고 생각했지. 무대 밖에서도 나는 주위의 눈이나 표정을 살피면서 어느샌가 적절한 자신을 만들어 내어 연기하고 있었어."

선생님의 옆모습은 이따금 창밖을 스치는 가로등이나 맞은편에서 오는 자동차의 라이트 불빛에 비추어져 밤의 어둠 속에 차갑게 떠올랐다.

“하지만 그래서는 배역 안, 몸 안에 있는 진짜 내가 없어져 간다는 걸 어느 순간 깨달은 거야.”

어슴푸레한 빛에 비치는 그 얼굴은 온도가 느껴지지 않는 무표정한 얼굴이었다.

“진짜 내가 어떻게 하고 싶은지, 뭘 생각하고 있는지, 어디에 있는지 알 수가 없어. 어쩌면 이미, 어디에도 없는 걸지도 몰라. 그렇게 해서 깨닫게 되는 건…… 절망적인 고독이지.”

이것이 어제 선생님이 말했던 외로움일까.

“그때 사귀었던 연인도 친구들도 내 외면만 봤어. 그렇게 한탄했지만 그래도 어쩔 수 없겠지. 나는 껍데기밖에 남지 않았으니까. 내면은 아무것도 없는, 텅 빈 구멍이니까.”

외모가 좋아서 여자애들한테 인기가 많은 호시노 선생님에게도 그런 고민이 있었구나. 사람은 누구든지 평등하게 어떠한 일그러짐이나 고뇌를 끌어안으며 살아가고 있는 것일지도 모른다. 그렇게 생각하니 조금 상대하기 어렵다고 생각했던 옆에서 핸들을 쥔 이 외로워하는 남자한테 약간 친근감이 솟았다.

“나는 그런 텅 빈 구멍인 채로 어른이 되어 버렸어. 임용고시에 합격하고 교사가 되고 나서도 날 좋아해서 모여 주는 사람은 있었지. 하지만 그 사람들의 기대라든가 동경 같은 그런 반짝이는 시선이 내게 향할 때마다 나는 겉모습만 치장했어. 그에 비례해서 내면의 구멍은 점점 어둠이 깊어져 갈 뿐이었어."

그렇지만 그 이야기를 어째서 나한테 하는 걸까.

"이 세상에서 살아가는 이상, 누군가와의 연결이 필요해. 이어져 있다는 감각을 원해. 그렇지 않으면 너무 외로워. 하지만 나는 누구와도 진심으로는 이어질 수 없어. 이어져 있다는 실감을 얻을 수 없어……. 누군가와 이야기해도, 서로 맞닿고 있어도 동굴에 바람이 불어 들어온 것처럼 말이야, 내 구멍에서 고독이 신음소리를 내."

신호가 빨간색으로 바뀌어 차가 멈췄다.

"그리고 이 고독이 죽을 때까지 계속되는 건가 하고 생각하면…… 눈앞이 깜깜해져."

마지막은 힘없이 스러지는 듯한, 좁은 차 안이 아니라면 알아들을 수 없을 정도의 목소리였다.

"미안. 주절주절 이것저것 이야기했지만, 그런 비뚤어진 어른이니까 말이야. 어제는 너한테 기대려 하고 말았어. ……미안하다."

나는 그에게서 시선을 떨구고 고개를 숙였다. 자동차 에어컨 소리만이 몹시 크게 들렸다.

사람은 다들 혼자고, 어딘가 외롭다. 선생님도, 호즈미 군도, 나도, 에리도. 아마 내 신발을 숨긴 사람도. 그래서 그 쓸쓸함을 얼버무리려는 것처럼 뭔가 다른 일로 눈을 돌리는 것일까.

"외롭다고 생각하는 건 그렇게 느끼는 내면이 있기 때문이라고 생각해요."

선생님이 숨을 삼키는 소리가 들린 듯했다.

"누군가와 이어지고 싶다고 생각하는 마음도, 이어지지 못하는 고독 역시도 그걸 갈구하는 선생님의 내면이에요. 그러니까 텅 빈 구멍인 건, 아니라고 생각해요. 그, 외로워하는 진짜 자신을, 선생님 안에서 분명하게 받아들이고 바깥으로 내보내 줘야만 하는 것 아닐까, 하고 생각해요."

신호가 녹색으로 바뀌고 선생님은 액셀을 천천히 밟았다.

"뭔가, 잘난 듯이 말했네요. 죄송해요."

"아니."

선생님은 학교에서 보여주는 표정이나 목소리에서는 상상도 되지 않는 연약한 목소리로,

"나한테도 확실하게 있었구나, 내면이."

혼잣말처럼 그렇게 중얼거렸다.

이윽고 자동차는 쇼핑몰에 도착했다. 비로 젖은 유리창 너머로 쇼핑몰에 딸린 관람차 조명이 천천히 회전하며 번진 불빛을 발산하고 있다. 우리를 태운 자동차는 경사로를 내려가

미끄러지듯이 주차장 한구석에 멈췄다.

엔진을 끈 뒤 선생님은 핸들에 이마를 갖다 대고 몇 초 동안 침묵했다. 그리고,

"좋아!"

라며 몸을 일으키고 내 쪽을 봤다.

"그럼 즐거운 쇼핑을 해 보자!"

밝은 미소를 지으며 그렇게 말했고, 조금 전까지의 침울한 분위기에서 이렇게 변신한 모습에 나는 살짝 웃음을 터뜨리고 말았다.

"오, 스즈시로 양이 웃었네. 다행이다, 네가 웃어 주면 기뻐."

"지금도 연기하고 계신 건가요?"

"글쎄~? 난 연기자니까 말이지."

선생님은 안전벨트를 풀고 자동차 문을 열어 날렵하게 밖으로 나갔다. 나도 안전벨트를 풀자 곧바로 조수석 문이 바깥에서 열렸고, 거기에 있던 선생님은 정중하게 인사를 한 뒤 내게 오른손을 내밀었다.

"자, 가시지요. 아가씨. 당신께 딱 맞는 유리구두를 찾으러."

조금 주저했지만, 나는 그 손을 잡고 웃으면서 대답했다.

"평범한 로퍼가 좋은데요."

"어라, 그래서는 무도회에 갈 수 없습니다만?"

"안 갈 거니까요."

그렇게 말하고 피식 웃으며 나는 선생님의 손에 이끌린 채 학교 실내화를 신고서 주차장 콘크리트를 디뎠다.

▶▶

나는 떨어진 우산을 주워들고 얼굴을 감추는 것처럼 깊게 썼다. 그리고 결국 문전박대당한 에리의 집을 뒤로한 채 걷기 시작했다. 여전히 현기증이 났지만 그런 걸 신경 쓰고 있을 수 없었다.

"역시, 아이카구나. 설마 너도 내 안에 있었다니."

곧바로 내 머릿속에 목소리가 울렸다.

'응……. 계속 꿈을 꾸고 있는 것 같은 기분으로, 호즈미 군 안에서 잠들어 있었던…… 듯한, 느낌이 들어.'

나도 그랬지만 상대의 입을 써서 발화하는 경우와 목소리가 머릿속에서 들려오는 듯한 경우가 있는 모양이다. 어쩌면 감정이 격화됨에 따라 몸의 동조율 같은 게 변하는 것일지도 모른다. 조금 전의 아이카는 완전히 내 몸까지 움직이고 있었다.

'처음에는 자기가 무엇인지 잘 알 수 없었어. 의식이나 시야가 흐릿해서 누군가가 멋대로 내 인생을 사는 듯한 그런 감각. 그리고 금방 졸려져서 잠들어 버려. 하지만 최근에 조금

은 또렷해지기 시작했어. 지금은 호즈미 군도, 에리도 알 수 있어.'

아이카의 목소리는 꿈속에서 들었던 듯한 발랄함이 없었고, 가라앉아 있었다. 오랫동안 알고 지낸 친구한테서 그만 애는 친구가 아니라는 말을 듣게 되었으니 당연한 일일지도 모른다. 부주의하게 그곳에 가는 게 아니었다는 생각이 들어 가슴이 아파졌다.

"……아이카, 조금 전에 에리 씨가 한 말은 너한테 한 게 아니라 나한테 한 말이니까 그, 너무 신경 쓰지 마."

'응, 고마워……. 하지만, 난 정말로 모르겠어. 어째서 에리한테 미움받고 있는 건지. 나한테 무슨 일이 있었던 건지.'

"뭐?"

'있지, 호즈미 군. 이거 내가 꾸고 있는 꿈이 아니지? 나…… 죽은, 거지? 집에서 내 영정 사진도, 봤어……. 저기, 나는 어째서 죽고 만 거야?'

내 발걸음이 멈췄다. 지금 나를 통해 나와 대화하고 있는 건 내 머리가 이상해진 게 아닌 한, 아이카 본인일 것이다. 어떤 이유인지는 알 수 없고 그 사실에도 여전히 경악하고 있지만, 그 아이카는 자기 자신의 사연을 모른다. 그건 어떻게 된 일일까.

"너는 언제의 아이카야? 어디까지 알고 있어?"

이쪽 아이카한테 물어보면 그녀가 어째서 스스로 죽음을

선택했는지 알 수 있을 거라고 생각했다. 그렇게 하면 과거의 아이카를 바꿀 수 있을지도 모른다고. 하지만.

'모르겠어……. 내가 일어나 있을 때 호즈미 군이 보고 들은 것이라든가, 호즈미 군이 꿈에서 본 것 정도밖에 몰라. 네가 꿈을 꿀 때마다 아아, 그랬었구나 하고 떠올려 나가는 느낌이야.'

내 꿈을 공유해서 그것이 최신 기억이 된다는 거라면 이쪽 아이카한테서 사실을 알아내는 건 어려울 것 같다.

'저기, 호즈미 군. 알려줘. 나는 왜 죽은 거야? 병? 사고?'

어떻게 대답할지 망설였다. 하지만 자기 죽음을 알고 있는 이쪽 아이카한테 거짓말을 해서 얼버무려 봤자 소용없다고 생각했다.

"너는…… 스스로 목숨을 끊었다고, 들었어.'

'거짓말! 나는 그런 짓 안 해!'

내가 호시노 선생님한테서 같은 이야기를 들었을 때 하지 못했던 말을 본인이 대변해 준 것처럼 느껴져서, 약간이지만 가슴의 응어리가 해소된 느낌이 들었다.

'이전 기억에서는 신발이 없어졌는데…… 힘든 일은 있었을지도 모르지만, 난 자살 같은 건 절대로 안 해. 왜냐면, 아무리 괴로워도 그런 일이 쭉 계속될 리 없으니까. 살아있으면 즐거운 일은 훨씬 많이 있으니까.'

"하지만 실제로 너는 멀티탭 전선 코드로 목을 매서……."

'유서는 있었어?'

"아니, 없었다고 했어."

'……그럼, 난 살해당한 게 아닐까.'

"뭣……."

'왜냐면, 스스로 죽음을 선택하는 심리가 상상이 안 되는 걸. 나는, 더, 살고 싶었던 거 같아…….'

내 눈에서 눈물이 흘러넘쳤다. 나도 아이카의 선택을 믿고 싶지 않았다. 나는 그녀가 흘린 눈물을 손으로 닦고, 입을 열었다.

"자살로 위장한 타살, 이라는 거야?"

'알 수 없지만, 병이라든가 사고가 아니라면 그렇다고밖에는.'

"그럼, 대체 누가?"

'모르겠어…….'

아이카는 힘없는 목소리를 냈다. 그야 그렇다. 자기 사인도 몰랐던 그녀가 그걸 알 리가 없다. 그렇다고 해서 여기서 생각하고 있어 봤자 별수 없다.

"……저기, 아이카. 아버지와 어머니를 보고 싶어?"

그녀가 깜짝 놀라 내 몸으로 숨을 삼킨 것을 느꼈다. 심장이 망설임과 불안함으로 뛰고 있다.

'보고 싶어……. 그러고 보니 어제, 엄마랑 만났어.'

"어, 그랬어?"

'내가 정신이 희미해서 호즈미 군의 의식을 빼앗아 버렸던 걸지도 몰라. 엄청 오랜만이었어. 무척 지친 표정을 짓고 있었어. 거의 이야기하지 못했지. 가능하면 또, 제대로 이야기하고 싶어. ……하지만, 하지만 지금은, 어쩐지 무서워.'

"어째서?"

'왜냐면 난, 몇 년이나 전에 죽었, 으니까. 두 분을 무섭게 만들거나 혼란스럽게 만들지도, 몰라.'

"그렇구나……."

아이카를 깊이 사랑하고 계셨을 그 두 사람한테 내 몸을 이용해서 딸을 만나게 해줄 수 있다면 멋질 거라고 생각했지만, 아이카가 그걸 바라지 않는다면 어쩔 수 없다.

'아, 안 되겠어…….'

아이카의 꺼질 듯한 목소리에 나는 초조해졌다.

"왜 그래?!"

'졸리기 시작했어. 조금, 자고, 있을게.'

"또!"

이 연결이 사라져 버릴 듯한 예감에 참을 수 없는 초조함이 북받쳤다. 더 이야기하고 싶고 전하고 싶은 것도 잔뜩 있다.

"또…… 와 줄래?"

'응. 아마도. ……호즈미 군.'

"응?"

'전에 한…… 질문.'

"질문?"

'호즈미 군이…… 나를…….'

거기서 머릿속을 가득 채우고 있던 아이카의 맑은 목소리는 사라지고, 줄곧 계속되고 있던 현기증도 사라졌다. 그 후에는 으스스할 정도의 외로움이 남아 있었다.

"내가…… 너를……."

나는 우산을 들고 있던 오른손을 힘없이 내리고 하늘을 올려다봤다. 안개비는 금방 얼굴을 적셨고, 하늘을 음울하게 뒤덮은 두꺼운 구름은 거기에 있는 희망찬 푸른 하늘을 숨기고 있는 것만 같았다.

◀◀

금요일 밤의 쇼핑몰은 인파가 상당해서, 나는 아는 사람 눈에 띄는 것 아닐까 하고 흠칫흠칫하며 인파 속을 거침없이 걸어가는 호시노 선생님 뒤를 열심히 따라갔다. 이윽고 선생님은 젊은 층을 대상으로 한 팝한 분위기의 신발 매장에서 걸음을 멈췄다.

"너무 비싸면 미안해할 것 같으니까 여기면 되려나?"

"아, 네. 그래도, 정말로 괜찮은 건가요?"

선생님은 손가락을 딱 울린 뒤 검지를 내 입에 댔다.

"그거 이제 금지야. 나한테 사양할 필요는 없어. 자, 좋아하는 걸 찾아봐."

나는 감사 인사를 하고, 매장 내부를 돌아보며 다녔다. 학교 실내화로 신발 매장을 걷는 게 몹시 부끄러웠지만 지금 상황을 개선하기 위해서도, 선생님을 너무 기다리게 하지 않기 위해서도 빨리 쇼핑을 끝내 버리자.

여성용 신발 코너에서 오늘 없어진 것과 비슷한 분위기의 로퍼를 발견하고 나는 그걸 손에 쥐었다. 곧바로 점원 언니가 말을 걸어서 시험 삼아 신어 보기로 했다. 스툴에 앉아 신발을 신어 보는데, 가게 입구에 서서 사람들을 바라보고 있던 선생님이 걸어왔다.

"그걸로 할 거야?"

"네. 분위기도 전의 거랑 비슷해서요."

선생님은 의자에 앉은 내 앞까지 오더니, 몸을 낮춰 한쪽 무릎을 바닥에 딛고 나한테 눈높이를 맞췄다.

"무척 잘 어울리십니다, 아가씨."

"창피하니까 그만해 주세요."

옆에 서 있던 점원분이 후후후 웃더니,

"멋진 남자친구분이네요."

라며 폭탄을 투하했다.

"남자친구 아니에요!"

황급히 부정했지만, 학교 선생님이라고 할 수도 없어서 나는 시선을 떨굴 수밖에 없었다.

"뭣하면 정말로 되어 볼까? 네 남자친구가."

"진짜로 그만해 주세요. 그런 농담은."

"하하핫."

내가 노려보자, 선생님은 가볍게 웃었다. 정말로 교사인 걸까, 이 사람은.

그대로 신고 가겠다고 점원분에게 말하고 선생님이 카드로 계산했다. 그 후 모처럼이니까 차라도 마시자는 선생님의 말씀에 그의 가죽 구두를 새 로퍼 발끝으로 찼고 우리는 주차장으로 향했다.

자동차가 출발하고 주차장 게이트를 빠져나왔다. 밤비를 맞아 다시 와이퍼가 움직이기 시작했을 때, 선생님이 입을 열었다.

"그런데 말이야. 조금 전에 한 이야기, 농담이 아니라고 말하면 어떻게 할래?"

"네? 무슨 이야기 말인가요?"

"내가 네 남자친구가 된다는 이야기."

한순간 호흡하는 걸 잊고 말았다. 분하지만 심장 고동이 빨라지는 것을 알 수 있었다.

"그런 거, 무리인 게 당연하잖아요. 선생님은, 선생님이니까요."

"하하, 내가 정식으로 고용되는 건 다음 주부터야."

"다음 주에는 선생님이잖아요. 게다가 저는……."

얼굴이 뜨거워지는 것을 느끼고 고개를 숙이며 뒷말을 이었다.

"좋아하는 사람…… 있으니까요."

놀림당하려나 싶었지만 선생님은 조용했고, 힐끔 훔쳐본 옆모습은 차가움이 느껴질 정도로 무표정했다.

"흐음, 그렇구나."

온도가 느껴지지 않는 목소리로 그 말만 하고는 조금 무서울 정도로 말없이 운전을 계속했다.

언제나 농담하듯이 말하는 사람인데 어쩌면 조금 전의 그건 진심으로 하는 고백이었던 걸까. 그렇다고 한다면 조금 미안한 마음이 든다. 하지만 애초에 알게 된 지 며칠밖에 지나지 않았고 그 이전에 교사와 학생이 그런 관계가 되는 건 역시 좋지 않을 테다. 자동차로 바래다주시고 우산을 빌려주신 거나 신발을 사주신 건 선생님께 감사하고 있지만, 나한테는 호즈미 군이 있고, 아아 진짜, 뭐라고 말하면 좋지. 이런 생각으로 내 머릿속이 혼란스러워지고 있는데,

"그래서."

선생님이 갑자기 말을 꺼내서 내 심장이 펄쩍 뛰어올랐다.

"어떤 사람이야, 그 사람. 역시 같은 학교 학생? 연상? 연하?"

선생님은 같은 반 여자애처럼 즐거운 듯이 물어봐서, 나는

맥이 빠지고 말았다. 한순간이라도 고민한 내 시간을 돌려줬으면 한다.

"안 가르쳐 줄 거예요!"

"뭐어~? 괜찮잖아, 가르쳐 줘~"

"……선생님 몇 살이신가요."

"25살인데?"

"좀 더 어른스러운 언동을 해주세요."

"하하핫, 한 방 먹었네."

그 후에는 선생님의 별것 아닌 잡담이나 교감 선생님에 대한 불평에 웃다가, 이윽고 자동차는 내 집 앞에 도착했다.

"신발, 정말로 감사합니다. 가까운 시일 내로 뭔가 답례를 할게요."

"아니, 그런 건 됐대도. 나한테 사양할 필요는 없다고 했잖아? 그래도 답례를 하고 싶다면 가끔 이렇게 드라이브에 어울려 주면 돼."

"그건 사양할게요."

"매정하네!"

조금 웃고, 선생님의 차에서 내렸다. 문 앞에서 머리를 숙이자 선생님은 손을 흔들며 떠나갔다.

나는 심호흡을 한 번 하고, 실내화를 넣은 비닐봉지를 다시 쥐고 문을 열었다.

오늘은, 여러 일이 있었네.

▶▶

내 안의 아이카가 잠들고 나서 몇 번인가 불러 봤지만, 그녀가 나올 낌새는 없었다. 정말로 잠든 것과 같은 상태라면 억지로 깨우는 것도 미안한 느낌이 들어 가만히 두기로 했다.

내가 잠들어 있는 동안에 아이카의 기억 속 과거로 뛰어들고 있는 것과 마찬가지로 이 심장에 남겨진 그녀의 의식인지, 인격인지, 기억인지는 알 수 없지만 그런 것이 깨어 있을 때 내 몸과 동조하고 있는 것일까. 연구자나 매스컴에라도 알리면 큰 소동이 일어날 것 같은 현상이지만 나는 지금 상황을 누구에게도 말할 생각은 없었다. 그렇긴 해도 아이카가 바란다면 그녀의 부모님께는 말씀드릴 생각이었지만.

나는 혼자 우산을 쓰고 안개비가 내리는 마을을 걸어, 이따금 휴대폰으로 지도를 보면서 역까지 도착했다.

오늘은 토요일이고 내일인 일요일도 학교는 쉰다. 이건 상황이 좋다. 나는 휴대폰으로 가까운 캡슐 호텔을 예약하고 역 앞에 있던 쇼핑몰에서 적당히 점심을 먹었다. 그리고 갈아입을 옷을 산 뒤 시간을 보내며 저녁까지 가볍게 끝마친 후 캡슐 호텔로 향했다.

접수할 때 미성년자는 보호자 동의가 필요하다든가 그런 말을 들으면 어떻게 할까 하고 걱정했지만 그건 기우로 끝났고 접수 담당자는 담담하게 대응해 주었다. 샤워한 뒤에는 곧바로 벌집을 연상시키는 듯한 캡슐 베드에 파고들었다. 오랫동안 깊이 잠들기 위해 쇼핑몰에서 엄청나게 돌아다닌 게 효과가 있었는지, 방을 어둡게 하고 눈을 감고 있자 졸음은 금방 찾아왔다.

옅은 잠결 속에서 의식의 깊은 곳을 향해 아이카의 이미지나 목소리, 몸짓의 기억을, 사랑스러움을 침잠시켜 갔다.

깊이…… 깊이…….

눈을 뜨자 낯선 일본식 방의 나무 천장이 보였다. 나는 잠에서 막 깬 머리로 조금 멍하게 있다가 성공이다 하고 어울리지 않게 흥분했다.

"어?! 어라, 이건!"

아이카가 이불에서 벌떡 일어나 왼쪽 가슴에 오른손을 갖다 댔다. 오른손 손바닥에서 온화한 체온이 느껴져 내 마음을 어지럽힌다.

"설마, 호즈미 군, 온 거야?"

'응, 좋은 아침이야.'

그녀의 안은 오늘도 부드럽고 따뜻해서 그녀의 몸을 통해 보는 그녀의 방에도 마찬가지로 따뜻한 빛이 비쳐 들어오고 있다. 그 광경은 무척이나 내 마음을 따스하게 해줬다.

"좋은 아침…… 아니, 그게 아니라! 어째서 잘 때 덮치는 듯한 짓을 하는 거야!"

그 표현에 나는 무심코 웃고 말았다. 내 감정에 연동돼 그녀의 몸도 웃었다. 옆에서 보면 아이카는 혼자서 화내고 혼자서 웃고 있는 것이 된다. 이런 모습을 남한테 보일 수는 없는 노릇이다.

'덮치려던 생각은 없는데 말이야. 자면 이렇게 되어 버리니까.'

아이카는 당황한 듯이 머리를 손으로 매만지며 말했다.

"아아, 진짜, 이럴 때 오다니. 옷 갈아입을 때라든가 화장실 갈 때 어떻게 할 생각이야?!"

'아, 그런가.'

"그런가가 아니야. 여자애의 아침은 여러 가지로 할 게 많으니까."

입을 삐죽이며 그렇게 말하면서도 그녀의 심장은 기분 좋게 고동치고 있었다.

"게다가 잠들면 온다는 건 지금 호즈미 군은 자는 거지? 전에도 생각했는데 생활 리듬이 엉망이지 않아? 제대로 된 생활을 보내지 않으면 안 돼."

그녀는 같은 시간 축의 다른 장소에 내가 존재한다고 생각하고 있다. 그래서 그 평가는 어쩔 수 없지만 정정할 수도 없는 노릇이다.

'그러네, 주의할게.'

"전혀 반성하고 있지 않아!"

또 조금 웃은 뒤, 하나 덧붙였다.

'하지만 내가 밤에 잠들면 이렇게 일어나 있는 너랑 이야기할 수 없잖아.'

내 말에 그녀의 심장이 괴롭게 뛴 것을 느꼈다.

"그건…… 그렇지만."

지금까지 꿈에서 경험한 것으로 봐서 실제로는 내 시간과 이쪽 아이카의 시간이 나란히 흐르고 있는 건 아닌 듯하지만 그런 설명도 할 수 없는 게 조금 애가 탄다.

"지금부터 거실에서 아침 먹을 건데 가족 앞에서는 절대로 이상한 짓 하지 말아 줘."

'알고 있어. 아이카의 어머니께서 해주신 밥, 맛있지.'

"뭐? 어떻게 알고 있는 거야?"

지금 발언은 부주의했다. 나로서는 어제 아침에 네가 없는 집에서 아침을 먹은 참이었으니까. 그건 어머니가 손수 만든 요리라는 것을 먹은 적이 없는 내게는 무척이나 따뜻하게 느껴졌으니까.

"아, 지금까지도 집에서 내 안에 들어온 적이 있었던 거려나."

'그래, 그래.'

"아~ 진짜. 지금까지 어떤 걸 보였을까. 이상한 건 전부 잊어야 해!"

'괜찮아. 이상한 건 없었으니까.'

아이카는 “우으으.”하고 신음하며 얼굴이 빨개졌다.

그 후에 그녀는 눈을 감고 귀를 막은 채 화장실에서 볼일을 끝내고 거울을 피하듯이 세수하고 어딘가 긴장하면서 아침을 먹고 자기 방으로 돌아가더니 눈을 감은 채 옷을 갈아입는 데 성공했다. 그 사랑스러운 모습에 무너질 뻔하면서도 나는 그 행동들 전부를 흐뭇하게 느끼고 있었다.

“하아, 어째 지쳤어…….”

아이카는 책상 의자에 앉아 한숨을 쉬었다.

‘하핫 수고했어. 그런데 아이카 오늘은 무슨 요일?’

“어? 토요일이지?”

‘뭔가 약속은 있어?’

“으음~ 그러니까, 오늘은 딱히 없으려나.”

‘다행이다. 그럼 나하고 잠깐 어울려 줄 수 있을까.’

“어……?”

나한테는 시험해 보고 싶은 것이 있었다. 아이카 방의 레이스 커튼 너머로 보이는 하늘은 오랜만에 찾아온 장마 도중의 쾌청한 하늘이었다.

◀◀

호즈미 군은 머릿속에서 이상한 말을 했다.

‘뭐든 괜찮으니까, 아이카의 물건을 어떤 장소에 묻어 줬으

면 해.'

"뭐……? 어째서?"

'약간의 실험, 이려나. 미안하지만 이유는 말할 수 없어. 그리고 부디 거절하지 말아 줬으면 좋겠어.'

"으엑, 뭐야, 그 조건."

말도 안 되는 이야기지만, 호즈미 군의 목소리는 진지했다.

'묻는 건 뭐든 상관없지만, 다시 되돌려 받을 수 없어도 되는 거로 묻어 줘. 정말로 이상한 부탁을 해서 미안해. 그래도 나한테는 무척 중요한 일이야.'

"으음~ 알았어."

이상한 호즈미 군이라고 생각했지만, 다행히 오늘은 호즈미 군에게 말한 대로 일정이 없었기에 어울려 주기로 했다. 게다가 어쩐지 조금 즐거울 것 같다고 생각했다.

나는 의자에서 일어나 방을 둘러봤다. 묻을 물건이니까 크지 않은 편이 좋겠지. 게다가 더는 필요 없는 물건이어야만 하고.

"저기 그건 호즈미 군의 손에 넘어가는 거야?"

'……실험이 성공하면 그런 게 되려나.'

"엇, 그러면 이쪽으로 오는 거야?"

그는 대답을 조금 망설이고 있는 듯했다.

'언제가 될지, 모르겠지만…….'

"그럼 그때는 불러줘!"

'응…… 알겠어.'

호즈미 군을 만날 수 있다. 그렇게 생각하니 가슴이 뜨거워지고 심장이 즐겁게 뛰었다.

"그렇다면." 나는 조금 장난기가 싹텄다. 책상에 돌아가 잠금장치가 달린 서랍을 열고 안에 잠들어 있던 서양식 편지 봉투를 꺼냈다.

"이런 거라도 괜찮아?"

'뭐야, 그게? 편지? 괜찮지만, 그래도 되겠어? 소중한 거 같은데…….'

"괜찮아. 언젠가 버리려고 생각했던 거니까."

호즈미 군의 지시로 엄마한테서 과자가 있던 빈 깡통을 받아 거기에 봉투를 넣고 더 나아가 비닐봉지로 그걸 감쌌다. 흙을 파기 위해 원예용 삽도 들고 친구와 놀다 오겠다고 엄마한테 말하자 흙장난이라도 하는 거냐며 웃으셨다.

바깥으로 나오자 오랜만에 보는 맑은 하늘이 눈부셔서 눈을 가늘게 떴다. 오늘이 맑은 날이라 다행이다. 깨끗한 푸른 하늘에 솜사탕 같은 구름이 떠 있고, 비행기 한 대가 저편에서 하얀 선을 그리며 날고 있었다.

"그래서, 어디에 묻을까?"

'접시꽃이 있는 강가 제방을 올라가면 강변 초원에 나무 한 그루가 보였지. 그 밑동 부분이 좋겠어.'

"오오, 뭔가 그럴듯하네."

'그렇지?'

맑은 날, 신기한 부탁을 받고 특별한 사람과 같이 걷는다. 초여름의 햇살은 뜨거울 정도로 내리쬐어 바람에 나부끼는 스커트 자락을 반짝였다.

그건 어쩐지 무척 즐거워서 내 가슴은 계속 두근두근하며 설레고, 얼굴은 히죽거리는 것을 멈출 수 없었다.

'뭔가 즐거워 보이네, 아이카.'

"후훗, 즐거워!"

말에 맞추어 작게 뿅 점프하자 왼손에 든 비닐봉지가 파라락 하고 바람에 휘날렸고, 외출용 펌프스 뒷굽이 아스팔트와 키스하며 또각 하고 기분 좋은 소리를 냈다.

수국이 흐드러지게 핀 공원에서 작은 여자애가 엄마랑 같이 이쪽을 보고 있는 걸 알아차리고 낯이 뜨거워졌다. 여고생이 혼자서 뭘 하는 걸까. 호즈미 군도 웃으면서 같은 말을 했다.

'하핫, 뭐 하는 거야.'

"우으, 기분이 좀 들떠 버려서."

손으로 입가를 가리며 대답했다. 그 손 뒤에서 호즈미 군이 또 웃었다. 창피하고 즐겁고 기뻐서 나도 웃었다. 하나의 몸으로 두 사람이 웃자니 호흡곤란이 올 것 같아서, 하지만 그게 또 웃겨서 결국 나는 웃다가 기침을 하고 말았다.

'자, 잠깐, 콜록, 진정해, 아이카.'

"아하핫, 콜록, 미안 미안. 아아, 즐겁네~"

네가 있어 주는 것만으로도 언제나 마음이 따뜻하다. 즐겁네, 기뻐.

좋네.

공원 여자애한테 손을 흔들자 여자애도 웃으면서 손을 흔들어 주었다. 기쁜 마음으로 다시 걷기 시작하자 호즈미 군이 나직이 뭐라고 중얼거렸다.

'……내가 널, 지킬 테니까.'

"어? 지킨다니, 뭐한테서?"

'아니, 아무것도 아니야. 그것보다 자, 보이기 시작했어.'

코발트블루 색깔의 하늘을 배경으로 녹색으로 우거진 제방이 보였고 이곳저곳에서 접시꽃이 바람에 흔들리고 있었다. 나는 그 비탈길을 올라가 제방 위에서 강변을 내려다봤다. 강을 따라 초원이 뻗어 있고 잎사귀가 푸르게 우거진 참나무 한 그루만이 덩그러니 서 있다. 그 강변으로 이어지는 계단을 내려가 초원에 발을 디디자 연일 내린 비로 흙이 조금 질퍽거려서 나는 펌프스를 신고 온 것을 후회했다.

'괜찮아? 미안, 내가 고른 장소가 좋지 못했네…….'

"괜찮아, 괜찮아."

다행히 잡초가 무성한 덕분에 발이 미끄러지는 일은 없을 것 같았다. 도착한 참나무의 밑동에 쪼그려 앉아 삽으로 구멍을 팠다.

"후우, 이 정도면 되려나?"

'그러네, 수고했어.'

깡통이 충분히 묻힐 정도의 구멍에 그 신기한 타임캡슐을 묻고 흙을 푹 덮었다.

조금, 아니, 상당히 부끄럽지만, 이 편지가 정말로 호즈미 군에게 닿는다면 좋겠네.

그때, 그의 옆에, 내가 있다면, 좋겠네.

⏩

타임캡슐을 묻은 뒤 아이카의 제안으로 강을 바라보는 방향으로 설치된 벤치에 앉아 잠시 이야기를 나눴다. 그녀의 신발도, 예쁜 손도 흙으로 더럽히고 말아 미안한 마음이 들었지만 아이카가 무척 즐거워 보여서 내 마음도 들떴다. 어째서 이런 일을 시킨 것인지 물어보지 않은 건 고마웠지만, "열어보러 올 때는 꼭 불러줘."라고 말하는 그녀와 약속했을 때는 조금 가슴이 아팠다.

내가 살아가는 미래에, 너는 없어서. 네가 살아가는 미래에, 나는 없어서.

이 가슴의 아픔도 너한테 공유되어 버리고 있지는 않을까.

초등학교나 중학교 때 학교에서 유행했던 것에 관한 화제로 분위기가 달아올랐을 때 갑자기 하늘에서 전자적인 알람

소리가 울렸고, 나는 따뜻한 꿈에서 떨어져 나갔다. 눈을 뜨니 푸른 하늘도 녹색 초원도 감색 강도 없고, 좁은 캡슐 베드의 천장이 날 덮치는 것처럼 눈앞에 있을 뿐이었다. 위쪽 캡슐에서 새어 나오던 알람 소리는 금방 멈췄지만, 귀마개를 해 둘 것을 그랬다고 나는 진심으로 후회했다.

그렇긴 해도 꿈속에서의 목적은 달성하였기에 나는 벌의 유충이 된 것 같은 기분으로 캡슐에서 기어 나와 준비를 한 뒤 즉시 목적지로 향했다. 호텔을 나서자 바로 조금 전까지 아이카와 보고 있었던 쾌청한 하늘이 영화 같은 곳에서 만들어 낸 영상처럼 잿빛 구름과 작은 빗방울로 뒤덮여 있어서, 나는 한숨을 내쉬고 우산을 폈다.

100엔 숍에서 장갑과 원예용 삽을 사고 잰걸음으로 그 장소로 향했다. 에리의 집을 지나 아이카의 집을 지나고, 수국이 핀 공원을 지나면 그 비탈길이 보이기 시작한다.

아이카의 어머니는 분명 그녀와 이별한 것이 3년 전이라고 말씀하셨다.

"3년……."

나는 입 밖으로 내서 그 시간의 흐름을 느껴보려고 했지만, 일상적으로 꿈에서 과거로 가고 있는 탓인지 실감이 나지 않았다.

제방을 올라가 석판을 겹쳐 놓은 듯한 계단을 내려갔다. 몇 시간 전에 그녀와 걸었던 이 길에는, 지금 내가 걷는 이 세계에는, 이젠 네가 없다. 초원에 한 그루 서 있는 나무를 향해 나는 기도하는 것처럼 굳게 주먹을 쥐었다.

그 나무 앞에 서자 아이카가 구멍을 팠던 부분에도 잡초가 무성했고 무언가를 묻은 듯한 흔적도 없었다. 불안이 마음을 꽉 죄었다.

"……아이카, 열어보러 왔어."

"약속이니까." 하고 작게 그녀의 이름을 불러도 내 안의 아이카는 눈을 뜨지 않는다.

우산을 접고 나무 밑에 쪼그려 앉아 100엔 숍 봉투에서 삽을 꺼내 흙을 팠다.

있어 줘. 있어 줘. 있어 줘.

마음속으로 몇 번이고 그렇게 외며 삽을 움직였다. 흙은 비에 젖어서 부드러웠고 삽을 밀어 넣자 잡초 뿌리가 투둑투둑 끊기는 감촉이 손에 전해졌다.

단조로운 움직임과 초조하게 기도하는 듯한 심정으로 숨을 헐떡이고 있는데 삽 끝부분이 무언가 단단한 물건에 부딪혔다. 심장이 뛰었다. 침을 삼키고 주위의 흙을 치우자, 흙투성이가 되어 갈색으로 변한 비닐봉지가 안에 있는 네모난 상자를 지키는 듯 잠들어 있는 것이 보이기 시작했다. 장갑을 끼고 그걸 신중하게 땅속에서 꺼냈다.

"하아, 하아, 하아…… 있다."

숨은 헐떡이고 심장은 쿵쿵쿵 하고 귀에 시끄럽게 울릴 정도의 속도로 맥박치고 있다.

장갑을 낀 채 비닐봉지를 찢자 안에서 은색 캔이 나타났다. 침수나 부식된 것도 없이 아이카가 어머니한테서 건네받은 상태 그대로 희미한 회색빛을 발하고 있다.

"있었어……."

재차 중얼거리자 내 눈에서 눈물이 넘쳐흘렀다. 캔을 왼손으로 들고 오른손을 가슴 앞에서 꽉 쥔 채 조용히 기쁨으로 떨었다.

이건 내가 그녀에게 부탁해서 여기에 묻어 달라고 한 것이다.

그 말인즉, 그 꿈속 세계는 이곳과 연결되어 있다. 그리고 나는 그곳에 간섭할 수 있다.

그건…… 다시 말해서……, 아이카의 미래를, 바꿀 수가 있다!

펑 하고 가까이에서 불꽃이 터진 것처럼 한층 크게 심장이 흔들렸다.

순간적으로 왼쪽 가슴에 격통이 지나갔다.

"크윽!"

격렬한 현기증이 나서 들고 있던 캔을 떨어뜨렸다. 캔은 비에 젖은 풀 위로 떨어졌고, 안의 내용물이 캔에 부딪혀 메마른 소리를 냈다. 그래, 아이카는 그 안에 편지를 넣어 뒀었다.

숨을 쉴 수가 없어서 지면에 무릎을 꿇었다. 욱신욱신하며 심장 고동에 맞춰 전신에 통증이 전파된다.

"아, 아아아……."

이마도 지면에 찧었다. 머리카락에도 무릎에도 차가운 물이 스며든다.

아직 아무것도 바꾸지 못했다. 아이카를 구하지 못했다. 아직 좀 더, 기다려 줘.

과거는 바꾸게 두지 않겠다고, 운명이 날 찌부러트리려 하는 것일까. 아니, 세상을 뒤집겠다든가 그런 거창한 일을 하는 게 아니다. 한 소녀의 슬픈 결말을 고쳐 쓰는 것 정도는 눈감아 줘도 괜찮잖아. 그렇게 할 수 있다면 얼마든지 이 목숨을 바칠 테니까. 그게 아니면, 내 목숨 따위로는 부족하다고 말하기라도 하는 것인가.

흐릿해져 가는 시야 구석에 제방 위에서 이쪽의 상황을 알아챈 것인지 계단을 뛰어 내려오는 여성이 보였다. 거기서, 나의 의식은 끊어졌다.

II

제3장

사라지지 않는, 약속

◀◀

강이 보이는 벤치에서 즐겁게 이야기하고 있었는데 호즈미 군이 사라진 것을 느꼈다. 그는 언제나 갑자기 사라진다. 잠들면 온다고 말했으니까 잠에서 깼다는 것일까.

나는 혼자서 일어나 타임캡슐을 묻은 참나무 앞까지 걸어가 손뼉을 두 번 치고 "제대로 전해지기를."이라고 소원을 빌었다. 그 행동도 어쩐지 우스워서 약간이지만 웃음이 나왔다.

강변을 산책한 뒤 집에 돌아간 나는 조금 고민하다가 남아 있던 편지지 세트의 편지지를 꺼내 메시지를 쓰고 학교 가방에 넣었다. 점심을 먹은 후 쾌청한 하늘 아래서 실내화를 씻어 말리고 그 후에는 뒹굴뒹굴하며 시간을 보냈다.

일요일은 에리, 아코와 약속이 있어서 역 앞에서 놀았다. 중학교 때 친구인 아코는 웬걸, 같은 반 남자애한테서 고백받아 연인 사이가 되었다는 듯하다. 에리는 엄청나게 흥분해서 이것저것 물어봤고 아코도 빨개져서 쑥스러워하면서도 기쁜 듯이 이야기하고 있었다. 좋겠네, 그런 거.

도중에 그 남자친구한테서 전화가 와서 부끄러운 듯이 전화로 이야기하는 아코를 보며 스마트폰을 만지작거리던 중에 그래, 나도, 하고 생각이 떠올랐고 그 번뜩임에 스스로 칭찬을 보냈다.

스마트폰을 귀에 댄 채 쑥스러워하는 아코. 그런 아코를 에리와 둘이서 장난스럽게 놀리는 것처럼, 축하하는 것처럼 따뜻한 시선으로 히죽히죽 바라보고 있었는데 내 왼쪽 가슴에 불이 훅 켜지는 것을 느꼈다.

"앗! 왔다!"

나도 모르게 기쁜 목소리로 나와 버려서, 에리가 이상한 눈으로 쳐다봤다.

"어? 뭐가 왔다고?"

"미안, 나 잠깐 볼일 좀 보고 올게!"

서둘러 가방을 들고 일어서며 말하는데 에리가 붙들어 세웠다.

"아, 그럼 나도 갈래~ 이런 러브 공간에 혼자 두고 가지 마."

"앗…… 저기, 그게."

"왜 거기서 주저하는 걸까나! 아, 혹시 큰 쪽——"

"바보 에리!"라고 소리치며 황급히 에리의 입을 막았다.

내가 듣는 소리는 그에게도 들린다. 이상한 말은 하는 것도 듣는 것도 창피하다. 그렇긴 해도 어떻게 말하면서 이 자리를 빠져나가면 좋을지도 모르겠다. 시간이 걸리면 호즈미 군은 없어져 버릴지도 모른다.

"잠깐, 갑자기 뭐 하는 거야~"

내 손을 치우고 에리가 불만스러운 표정을 지었다.

"아, 미안. 그게, 토끼가…… 저기……."

에리는 우물쭈물하는 나를 잠시 올려다보다가 뭔가를 깨달은 것처럼 히죽 웃더니 엄지를 세운 오른손을 등 뒤로 척 향하며 말했다.

"갔다 오라구."

나는 작게 고맙다는 말을 한 뒤 뛰어나갔다. 그녀가 갑자기 보여주는 센스에 지금까지 몇 번이나 도움을 받았을까.

나는 두 사람의 모습이 건물 뒤편에 가려 보이지 않는 언저리에서 오른손에 스마트폰을 꽉 쥔 채로 작게 목소리를 냈다.

"미안, 호즈미 군. 기다렸지."

오늘도 또 이야기할 수 있는 것이, 내 안에 와 준 것이 기뻐서 가슴은 소리를 내며 고동쳤고, 뺨은 뜨거워지는 것을 느꼈다.

하지만 내 머릿속에 그의 목소리는 울리지 않았다.

"……호즈미 군?"

잠에 취해 있는 걸까. 의식을 왼쪽 가슴으로 향하자 거기에는 아직 확실하게 그의 열이 있다.

"어~이, 호즈미 군~"

불안함 때문에 정신 사납게 마음이 울렁거리기 시작했다. 생각해보면 며칠 전까지는 토끼가 말하지 않는 건 당연한 일이었는데도. 그와 이야기할 수 있다는 걸 알고 나서부터 마음은 점점 욕심쟁이가 되었고, 그런 만큼 겁쟁이도 되었다. 그에게 무슨 일이 있었던 것일까. 그게 아니면, 뭔가 미움받을 만한 짓을 해 버린 걸까.

'아…….'

머릿속에 목소리가 울렸다.

'아이, 카?'

"다행이다, 호즈미 군. 정말, 어째서 아무 말 안 하고 있었던 거야?"

굳었던 몸이 안심하여 풀리는 것을 알 수 있었다.

'어라? 나, 어떻게 됐더라…….'

"후훗, 역시 잠에 취해 있었구나?"

'그러니까…… 아아, 타임캡슐…….'

"응, 어제 묻었지."

'어? 어제? 아, 아아, 그렇구나. 어제인가.'

호즈미 군은 꽤 심하게 잠에 취한 모양이다. 시곗바늘은 벌써 한참 전에 정오를 지나 티타임이 되었는데, 대체 어떤 생활을 보내고 있는 걸까. 야간학교에라도 다니고 있는 걸까. ……그게 아니면.

"또, 나랑 이야기하기 위해서 이런 시간에 잠든 거야?"

그는 약간 뜸을 뒀다가.

'그래, 맞아.'

쑥스러움을 숨기지도 않는 솔직한 말에 심장이 달콤하게

죄어들어왔다. 이것이 상대의 얼굴이 보이지 않는 전화였다면 스마트폰을 귀에 꽉 누른 채 부끄러움과 기쁨으로 몸을 버둥거리고 있었겠지만, 몸을 공유하고 있는 지금은 그럴 수는 없다.

"아, 그렇지. 호즈미 군!"

'응? 왜?'

하마터면 잊을 뻔했던 목적을 머릿속에서 기억해 냈다. 나는 오른손에 든 스마트폰을 다시 잡고 시야에 보이도록 들었다.

"연락처! 교환하자! 그러면 호즈미 군이 잠들어서 나한테 들어오지 않아도 대화할 수 있고 전화도 할 수 있어!"

더 빨리 이렇게 하면 좋았을 거라고 후회된 아이디어였지만 내 왼쪽 가슴은 희미하게 슬픈 듯이 삐걱댔다.

'……미안, 난 휴대폰이 없어서.'

"뭐? 요즘 휴대폰 안 가진 고등학생이 있어?"

그는 조금 웃고는 '그런 사람도 있어.'라고 말했다.

"그렇구나~ 아쉽다."

나는 그렇게 대답하면서도 조금 전에 느낀 가슴의 통증을 떠올리며 어쩌면 그건 그의 상냥한 거짓말일지도 모른다는 근거 없는 생각을 하고 말았다. 만약 그렇다면 그런 거짓말을 하는 이유는…….

'……아이카, 쇼핑하고 있었어?'

"친구랑 놀고 있었는데 호즈미 군이 와서 빠져나왔어."

'엇, 괜찮은 거야?'

"으음~ 뭐, 괜찮으려나. 아, 그렇지."

나는 스마트폰 잠금을 해제하고 메시지 앱을 열어 에리한테 보낼 문자를 입력했다.

「미안, 데이트하고 올게!」

내 시각을 공유하는 그의 가슴 온도가 뜨거워졌다.

'잠깐, 데이트라니.'

송신 버튼을 터치했다. 곧바로 놀란 표정의 이모티콘이 왔고, 화면을 끈 뒤에도 메시지가 왔음을 알리는 진동이 몇 번이나 이어졌다. 하지만 나는 아랑곳하지 않고 스마트폰을 가방에 넣었다. 미안 에리, 아코. 나중에 사과할게.

언제 와 줄지 모르고 전화도 할 수 없는 그가 있는 지금. 내게는 무척 소중한 시간이야.

"후훗, 그럼 갈까."

들뜬 가슴에 등을 떠밀리는 것처럼 경쾌하게 걸음을 내디뎠다.

'어디에?'

"어디라니, 데이트하러."

'……부끄럽지만 데이트라는 걸 해 본 적이 없는데, 어떻게 하면 되는 걸까.'

"나도 없지만, 뭐, 같이 가게를 둘러보거나 산책하거나 차를 마시는 거려나."

'나는 거기엔 없지만 말이야…….'

"같이 있는 거나 마찬가지야! 아, 그래도 이렇게 내가 혼자서 재잘재잘 말하고 있다간 상당히 이상한 사람으로 보이겠지."

'휴대폰을 귀에 대면 돼. 그렇게 하면 전화하고 있는 것처럼 보이잖아?'

"……호즈미 군, 천재."

가방에서 스마트폰을 꺼내 귀에 가져다 댔다. 내 왼쪽 가슴은 줄곧 즐겁게 뛰고 있다.

이리하여 우리의 신기한 일요일 데이트가 시작되었다.

⏩

솔직히 내가 지금 어떻게 되어 있는 건지 잘 모르겠다.

아이카의 몸에 내 몸을 맡기고 쇼핑몰을 걸으며, 끊겨 있던 자신의 기억을 더듬어 봤다. 나는 타임캡슐을 파냈던 그 강변에서 쓰러졌을 터다. 어쩌면 나는 이미 죽었을지도 모른다. 죽지는 않았더라도 그 가랑비에 젖은 잡초 위에서 사경을 헤매고 있을지도 모른다.

만약 그대로 내 몸이 차가워져서 움직이지 않게 되면 어떻게 되는 걸까. 내 정신은 이대로 3년 전 아이카의 몸속에 계속 머무르는 것일까. 그렇다고 한다면……. 의외로 나쁘지 않겠다고 생각하고 말았다.

저쪽 세계에 돌아가도 그곳에 아이카는 없다. 이쪽에서 그녀의 안에 기분 좋게 함께 살며 가끔 그녀가 신체감각을 공유하는 것을 싫어하는 때가 있지만 그래도 지금처럼 즐겁게 지낼 수 있다면 그건 얼마나 행복할까 라고 생각하고 말았다. 하지만, 그건 즉――

"아, 이거 봐 호즈미 군! 귀여워!"

휴대폰을 왼쪽 귀에 댄 아이카가 파스텔 컬러로 넘치는 인형 가게 앞에서 걸음을 멈췄다. 가게 앞에 장식된 둥근 토끼 인형을 쓰다듬고 있다. 오른손에 폭신폭신하고 부드러운 감촉이 전해져 온다.

'전화하면서 이거 보라고 말하는 것은 상당한 위화감이 있어.'

"아하하, 다들 그런 세세한 건 신경 안 쓴대도."

그녀의 심장이 기분 좋게 맥박치고 있다. 세세한 건 신경 쓰지 않는다. 그 말이 마음속에서 달콤하게 반추된다. 그렇다. 세세한 건 신경 쓰지 말고 지금의 이 행복을 만끽하자.

우리는 그대로 수다를 떨며 다양한 가게를 보며 걸어 다녔다. 그녀는 잡화점에서 윗부분에 토끼 귀가 달린 것 같은 핑크색 스마트폰 케이스를 샀다.

'귀가 거추장스럽지 않아?'라고 내가 묻자 그녀는 "그게 좋은 거야."라고 기쁜 듯이 대답했다. 토끼를 좋아하는 걸까.

쇼핑 봉투를 늘어뜨리고 휴대폰을 귀에 대며 통로를 어슬렁어슬렁 걷고 있는데 앞쪽에 친구의 모습이 보였는지 아이카는 허둥대기 시작했다.

"큰일이야! 호즈미 군, 숨자!"

'어? 전화하는 척하면서 넘기면 되는 거 아니야?'

"안 돼! 데이트하고 온다고 말해 놓고 혼자서 걷고 있다니, 그거 누가 봐도 쓸쓸한 애잖아!"

아이카는 서둘러 근처에 있던 옷가게로 뛰어들어갔다. 선명한 색깔의 옷이 나란히 놓인 진열대에 몸을 숨기고 통로를 지켜보고 있는데 그녀의 친구 두 명이 담소를 나누며 운 없게도 지금 우리가 숨어 있는 가게로 들어오는 게 보였다.

"농담이지?!"

'아하하핫.'

"웃지 마~!"

마치 남 일처럼 웃는 내게 작은 목소리로 항의하는 그녀의 심장이 빠르게 고동친다. 고동 횟수를 더 소중히 여겨 줬으면 좋겠다고 말하고 싶지만, 이런 상황이 아니더라도 말할 수가 없다.

아이카는 친구 둘의 동향을 신중하게 관찰하다가 걸어 다니는 그녀들의 시야에서 안 보이도록 진열대를 돌아 출구에 가까워졌을 때 살며시 가게에서 나왔다. 확실하게 수상한 손님이었지만, 점원이 우리한테 말을 걸지 않은 행운에 감사해야겠다.

"아아~, 긴장했어~"

잰걸음으로 통로를 뛰며 아이카는 즐거운 듯이 웃고 있었다.

친구들과 마주치지 않도록 층수를 바꿔 우리는 액세서리 매장에 들어갔다. 고급 매장은 아니고 젊은 층을 대상으로 하는 가게였는데 매장 안에는 갖가지 목걸이나 귀걸이, 팔찌나 머리핀 등이 수많이 진열되어 반짝이고 있었다.

'여자는 역시 이런 걸 좋아해?'

"으음~, 나는 평소에 그다지 안 차지만 보고 있으면 즐거운 건 분명하려나. 호즈미 군은 귀걸이 하고 있는 여자애 좋아해?"

'귓불에 바늘을 찔러서 구멍을 뚫는다는 게 조금 무섭게 느껴질지도.'

"알았어. 그럼 난 구멍은 안 뚫을게."

'어? 내 취향 같은 건 상관없이 원하는 대로 하면 되는데?'

"괜찮아. 그게 중요한 거니까."

캐주얼한 상품에서 멀어져 파티용이라고 생각되는 휘황찬란한 코너 앞에서 아이카는 발을 멈췄다.

"아, 그럼 이런 건 어떠려나."

그렇게 말하고 아이카는 휴대폰을 가방 주머니에 넣은 뒤 선반에 있는 티아라 하나를 손에 들더니 그걸 머리 위에 얹으며 전신거울 앞으로 이동했다.

거울을 본 내 시야에는 평소에 그다지 볼 수 없는 아이카 자신의 모습이 선명하고 강렬하게 비쳐 있었다. 마치 지금 나라는 인간의 눈앞에 그녀가 서서 마주 보고 있는 듯한 감각. 현기증이 날 정도로 가슴이 괴롭게 고동친다. 거울 속의 아이카가 싱긋 미소 지었다.

"호즈미 군, 지금 두근거리고 있지."

'어, 으, 아니…….'

그녀는 후후훗 하고 어깨를 작게 들썩이며 웃고는 하얀 원피스 스커트를 잡고 작게 포즈를 취해 보였다.

"저기, 잘 어울리나요?"라며 주위에 들리지 않도록 속삭이는 듯한 목소리로.

웨딩드레스를 입은 신부 같은 모습에 속절없이 가슴이 뜨거워진다. 솔직하게 칭찬하는 게 지금은 어쩐지 무척 부끄러워서, 나는 농담처럼 에둘러 말해 쑥스러움을 감추는 것밖에 할 수 없었다.

'네, 무척 잘 어울리십니다. 아가씨.'

거울 속의 아이카는 눈이 살짝 휘둥그레지고 뺨을 희미하게 물들인 뒤, "호시노 선생님이랑 같은 말을 하네."라고 중얼거렸다. 그 말이 내 가슴에 걸렸다.

'어? 지금 그 말, 무슨——'

하지만 내 물음은 매장 점원의 커다란 목소리에 지워졌다.

"지금 시각 오후 5시부터 매장 내 모든 제품 30% 할인 세일을 시작하겠습니다~!"

"어? 벌써 시간이 그렇게 됐어?"

아이카가 황급히 티아라를 선반에 되돌려놨다.

"해가 지기 전에 하고 싶은 일이 있어!"

아이카는 그렇게 말하고는 붐비기 시작한 가게 안에서 잰걸음으로 빠져나왔다.

이 쇼핑몰은 야외 부지 내에 어린아이가 놀 수 있는 놀이기구가 설치되어 있고 그 근처에 커다란 관람차가 있다. 그건 여기서부터 3년 후의 미래—내 입장에서는 어제지만—에도 변함없이 가동되고 있었다. 아이카는 왼쪽 귀에 휴대폰을 대면서 그 관람차에 타기 위해 줄을 섰다.

"장난 아니네. 혼자서 관람차에 타는 거 생각보다 꽤 창피할지도."

'같이 있는 거나 마찬가지라고 몇 시간 전에 말하지 않았어?'

"그거랑 이건 다르단 말이야~"

바깥은 날이 저물기 시작해 태양이 오렌지색 빛을 내고 있었고 찌는 듯이 더웠던 공기도 가라앉아 기분 좋은 바람이 불고 있었다.

유원지도 아닌 이 장소에서 관람차에 타려고 하는 손님이 많지 않은 모양이라 우리가 서 있는 줄은 쑥쑥 앞으로 나아갔다.

"이 쇼핑몰 말이야, 내가 초등학교 저학년 정도쯤에 완성되었는데 그때까지 주위에 이런 게 없었으니까 처음에는 엄청나게 화제가 됐었어."

아이카는 귀에 댄 휴대폰 송화기 부분을 향해 이야기했다. 주위 손님이 보면 전화를 오랫동안 하는 여고생이 혼자서 줄을 서고 있는 것처럼 보이리라.

"그 무렵에는 이 관람차도 인기가 엄청나서 한 시간 정도 줄 섰었지."

'아, 탄 적 있구나.'

"응. 아빠가 데리고 와줬었어. 힘들다고 떼쓰는 나를 업어도 주고 푸념도 하지 않고 계속 기다려주셨지."

'……그렇구나. 다정한 아버지시네.'

"응."

이윽고 아이카 차례가 오자 그녀는 다소 딱딱한 움직임으로 스태프에게 티켓을 건네고, 겉보기로는 혼자서 빨간색 곤돌라에 올라탔다. 한쪽 의자에 앉고 "후우."하고 숨을 내쉬었다.

"혼자서 관람차에 타는 쓸쓸한 애라고 여겨지지 않았으려나.”

‘세세한 건 신경 쓰지 마.’

나는 웃으면서 오늘 그녀가 한 말을 인용했다.

“그런가, 그러네. 지금은 현재를 즐겨야지!”

곤돌라는 우리를 태우고 천천히 부상했다. 처음에는 쇼핑몰 건물이 시야를 채우고 있었지만, 고도가 올라가자 차츰 경치도 트이기 시작해서——

“와아.” ‘오오.’

우리는 동시에 감탄의 목소리를 냈다.

건물 너머로 펼쳐지는 거리가, 나무들이, 구름이, 사람들이. 모든 것이 황금색 저녁놀을 받아 부드럽게 파도치는 빛의 바다처럼 반짝반짝 빛나고 있다. 아이카의 눈동자를 통해 보는 그 경치는 한없이 부드럽고 따뜻한 색채로서 내 기분에 흘러들어와 마음을 떨리게 했다. 자연히 눈시울이 뜨거워지고, 눈물 한 방울이 흘렀지만 그건 둘 중 어느 쪽이 흘린 것인지 나는 알 수 없었다.

“저기, 호즈미 군.”

그 기적 같은 광경을 바라보며 아이카가 조용한 목소리로 말했다.

“오늘, 무척 즐거웠어.”

‘응……. 나도, 즐거웠어.’

솔직하게 동의할 수 있었다. 웅대한 경치는 쑥스러움이나 창피함 같은 굴레에서 사람을 해방시키는 것일지도 모른다.
"있지, 호즈미 군."
아이카가 다시 날 불렀다.
'응.'
"나 말이야, 역시,"
거기서 호흡을 멈춘 그녀의 입술이 다음에 어떤 소리를 낼지 상상이 되어서. 그리고 그에 답해야만 하는 나의 말도 마음속에 떠올라, 가슴이 아프다.

"만나고 싶어."

그녀가 미소 짓고 있는 것을 뺨의 감각으로 알 수 있었다. 하지만 또다시 흐른 눈물은 이번에는 아이카의 것임을 분명하게 이해할 수 있었다.
쭉 이곳에 있을 수 있다면……. 그런 달콤한 상상도 했다. 그러나 그건 역시 진짜 우리가 아니다.
하지만, 진짜, 우리는…….
'……아이카.'
"응."
나는 그녀의 오른손을 움직여 그녀의 오른쪽 뺨을 만졌다. 그 부드러운 피부 아래에 따뜻한 피가 흐르고 있는 것을 느낀다.

왼쪽 뺨을 어루만지고, 머리카락을 매만졌다. 아이카는 내게 몸을 맡기는 것처럼, 만져지는 감촉에 의식을 향하는 것처럼 살며시 눈을 감았다. 내 시야도 닫혔지만 눈꺼풀 너머로 저녁노을이 부드럽게 비치고 있는 것이 느껴진다.

'지금은, 어렵지만……. 언젠가, 꼭.'

"응."

'……만나자.'

"……응."

그녀가 미소를 짓는 것을 알 수 있었다. 미소 지은 눈가에서 재차 물방울이 흘러넘치고 따뜻하게 뺨을 타고 흘러내린다.

나도, 만나고 싶어. 널 만나고 싶어. 억누를 수 없을 만큼, 그렇게 생각한다. 내 손으로 만지고 싶다. 끌어안고 싶다.

그걸 위해서는, 내가 있어야 할 곳은 역시 이곳이 아니다.

내 몸은 어떻게 되었지. 아직 살아있는 것인가. 그렇다면 해야만 하는 일이 있잖아. 느긋하게 누워 있을 때냐.

뜨겁게 불타오르는 듯한 가슴으로 외치듯이, 소리치는 것처럼 강하게 강하게 생각했다.

눈을 떠.

눈을 떠, 눈을 떠.

눈을 떠, 눈을 떠, 눈을 떠!

◀◀

"앗……."

관람차 곤돌라가 정상에 접어든 언저리에서 가슴 속의 열이 훅 꺼졌다.

황금색 경치도 기분 탓인지 조금 어두워진 듯한 느낌이 든다. 그는 언제나 갑자기 사라진다.

나는 눈물을 닦고, 외톨이가 된 곤돌라에서 그가 만졌던 뺨이나 머리카락을 훑는 것처럼 살며시 어루만졌다.

관람차에서 내리자 우연히 바깥을 걷고 있던 에리랑 아코와 마주쳤다. 에리가 날 발견하고 기쁜 듯이 히죽 웃었다.

"오, 여자의 우정을 내팽개치고 데이트하던 배신자가 여기에 있네~ ……어, 어라, 무슨 일이야, 아이카?"

눈이 빨개진 나를 보고 놀랐는지 에리는 내게 가까이 다가와 등을 상냥하게 문질러 주었다.

"뭔가 기분 나쁜 짓이라도 당했어? 내가 날려 버리고 와 줄까?"

나는 고개를 가로저었다. 그녀의 상냥함에 또다시 눈물이 흘러넘친다.

"어쩌지, 에리. 나……."

"응. 말해 봐. 들어 줄게."

그녀의 가슴에 이마를 갖다 대자 다정한 친구는 내 어깨를 살며시 끌어안았다.

"나, 너무 좋아서, 괴로워."

에리는 작게 웃고는 내 머리를 톡톡 쳤다.

"그렇구나……. 하지만 그건 무척 행복한 일이라고 생각해."

"그러려나."

"응……. 그보다 말이야,"

거기서 에리는 내 얼굴에서 손을 떼고,

"날 방치해 놓고선, 뭘 남자친구가 좋아 죽겠다는 말이나 하고 있어~!"

그렇게 말하며 내 옆구리에 양손을 끼워 넣고 간지럽히기 시작했다. 나는 참지 못하고 웃음을 터뜨렸다.

"아이카한테는 나한테 크레이프를 쏘는 형벌을 내릴 테니까 말이야!"

"알았어, 알았으니까 그만해애~!"

일요일의 저물녘은 이렇게 나한테 다양한 감정을 남기고 지나갔다.

▶▶

어두운 해저에서 갑자기 부상하는 것처럼 내 의식은 빛 속에서 각성했다.

튕겨 오르는 것처럼 눈을 뜨고 상반신을 일으키자 누가 봐도 병실 같은 분위기인 방 끝부분에 있는 침대에 눕혀져 있었던 모양이었다. 바깥은 저녁인지 방에는 형광등 불빛 외에 오렌지색 빛이 비쳐 들어오고 있다.

아무래도 나는 아직 살아있다. 그걸 왼쪽 가슴의 고동이 알려주고 있었다.

"……일어났구나."

여성의 목소리가 나서 뒤쪽을 보니, 바로 얼마 전에 만났던 사람이 여전히 언짢아 보이는 표정을 지은 채 서 있었다.

"에리 씨?!"

그녀는 어딘가 겸연쩍은 듯이 나한테서 눈을 피하고 창밖을 노려보며 말했다.

"미안하지만, 신분 확인을 위해서 네 학생증이라든가 보험증 같은 걸 봤어. 물론 내가 멋대로 한 게 아니라 의사 선생님이랑 같이 한 거니까 말이야."

혹시, 이 사람이 날 구해준 것일까.

"너, 호즈미 이쿠토라는 이름이구나. 이상한 이름이네."

무뚝뚝한 목소리로 이야기하는 눈앞의 사람한테 꿈속에서 봤던 것과 같은 싹싹함이 없는 건 내가 아이카가 아니기 때문일까. 그게 아니면, 흘러간 시간 때문일까.

"네가 잠들어 있는 동안 의사 선생님이 검사했는데, 딱히 이상은 발견되지 않았대. 지극히 건강한 몸이라고 했어. 다행이네."

"저기, 감사, 합니다. 구해주셔서."

"……내 눈앞에서 사람이 죽는 게 싫었던 것뿐이야."

"그렇다고 하더라도, 덕분에 살았습니다."

에리는 한숨을 한 번 내쉬더니 고민하는 것처럼 고개를 한 번 숙였다. 그리고는 진지한 시선으로 날 쳐다보며 말했다.

"너, 혹시……. 아이카가 '토끼'라고 불렀던 사람, 이야?"

몸에 전류가 흐른 것처럼 느껴졌다.

"알고 계시나요!"

침대에서 몸을 내미는 것처럼 물어보자 그녀는 뒤쪽 선반에 놓아뒀던 것을 손에 쥐고 내게 내밀었다. 그건 내가 조금 전에 파낸 아이카의 타임캡슐 캔이었다. 떨리는 손으로 그걸 받아들었다.

"의식이 없을 텐데도 그것만은 꽉 끌어안고 있었으니까 구급대원이 떼어 놓는 데 고생했었어."

나는 정신을 잃기 전에 그 캔을 떨어뜨렸을 터였다. 생각할 수 있는 건 아이카가 내 몸을 움직여서 주워 줬다는 것 정도다.

"미안하지만, 이것도, 열었어……. 이쪽은 내, 독단으로. 아, 하지만, 내용물까지는 안 열어봤으니까 말이야!"

에리의 재촉에 나는 그 캔을 열었다. 안에는 꿈에서도 봤던 장식도 없고 글자도 없는 새하얀 서양식 봉투가 들어 있었다. 그걸 집어 들고 뒤집어 보니 핑크색 잉크로 작게 글자가 적혀 있는 게 보였다. 봉투 오른쪽 아래에 그녀의 이름「스즈시로 아이카」. 왼쪽 위에는「토끼 씨에게」.

정신이 번쩍 들어, 나는 에리를 올려다봤다.

"중학생 때 친구들 무리에서 귀여운 편지지 세트를 사서 좋아하는 사람한테 연애편지를 쓰는 게 유행했던 적이 있었어. 물론 다들 용기가 없어서 실제로는 보내지 않았지만 말이지. 보내지는 못해도 학교에 가지고 와서 꺅꺅거리며 떠드는 게 즐거웠어. ……그 그룹에 아이카도 있었지만 자신은 안 썼다며 얼굴이 빨개져서 부정했었는데 그 애도 몰래 쓰고 있었구나……. 그 핑크색 젤 잉크 볼펜도 좋아해서 자주 썼었으니까 틀림없다고 생각해."

아이카가 타임캡슐에 넣은 건 그녀가 중학생 때 내 앞으로 쓴 편지, 였다.

열어보라며 에리가 말해서 나는 그 봉투를 뜯었다. 안에 접혀 있던 편지지는 새하얘서 그녀의 성격을 나타내고 있는 듯했다. 그걸 조심스럽게 펼치자 안에는 검은색 잉크로 적힌 아이카의 가지런하고 예쁜 글자가 나열되어 있었다.

배계*, 토끼 씨에게.

건강하신가요. 저는 건강합니다.
친구들 사이에서 연애편지를 쓰는 게 유행하고 있기에 저도 써 보기로 했습니다.
그렇긴 헤도, 그녀들과 달리 저는 이 편지를 어디에 보내야 할지 잘 모릅니다.
왜냐면 당신은 언제나 제 마음속에 있기 때문입니다.
(아, 이런 식으로 쓰니까 뭔가 조금 창피한 시 같네요.)
그래도 정말로, 당신은 어릴 적부터 가끔 제 안에 나타나서,
저를 소중하게 생각해 주고 있다는 것이 신기하게도 제게 전해졌습니다.
저는 그게 기뻐서 당신이 와 줄 때마다 마음이 따스해지는 것을 느끼고 있었습니다.
싫은 일이 있었을 때라든가, 외로운 마음이 들 때 당신의 존재에 언제나 많은 도움을 받았습니다.
어딘가 쓸쓸해 보이는 분위기가 느껴지는 당신을 따뜻하게 만들어 주고 싶다고 생각하면서,
저 또한 당신의 존재 덕분에 따뜻해지고 있었던 것입니다.
……음, 연애편지는 뭘 쓰면 되는 걸까요.
뭐, 괜찮으려나요. 어차피 전달하지 못하는 편지입니다. 마음대로 쓰도록 하겠습니다.

---

* 편지 첫머리에 쓰는 인사말.

언제나 조용히 울고 있는 듯한 당신이 미소를 지어 주기를 기도하며.

목소리도, 생김새도, 이름도 모르지만.

언제부턴가, 깨닫고 보니 그건 무척 자연스럽게.

그리고 무척이나 강한 마음이 되어서.

토끼 씨, 저는 당신을 좋아합니다.

지금까지 줄곧 좋아했습니다.

그리고 아마, 앞으로도 계속 좋아할 것입니다.

언젠가 당신을 만나 함께 웃을 수 있는 날이 오면 좋겠네요.

다 읽고 편지지를 세심하게 원래대로 접어 봉투에 넣은 뒤, 양손으로 얼굴을 덮고 괴로울 정도의 사랑스러움을 곱씹었다.

내가 그녀를 좋아하고 있었던 것과 마찬가지로, 그녀 또한 날 좋아해 주고 있었던 것인가. 게다가 꿈에서 말을 주고받을 때보다도 훨씬 전부터. 나와 만나고 싶다고, 생각하고 있었던 것인가.

아버지가 집을 나갔을 무렵부터 줄곧 결핍되어 있었던 자기 존재의 승인——나는 이 세상에 존재해도 괜찮다고 허락받는 듯한 감각이 그녀의 말에 의해 열을 띠고 가슴 안에서부터 온몸으로 퍼져나갔다.

"저기! 마음은 알겠지만 말이야."

에리의 조금 초조해하는 듯한 목소리가 들렸다.

"울고만 있어도, 별수 없다고 할지……. 뭐, 뭐라고 할까, 그게, 기운 내."

걱정해 주고 있다는 걸 깨닫고 조금 기뻐졌다.

"어제는 문전박대였는데 오늘은 다정하네요."

얼굴을 덮고 있던 손을 내리고 미소 지으며 대답하자 에리는 얼굴이 새빨개졌나.

"우, 울고 있었던 거 아니었어?! 날 속였구나!"

"아하핫, 속이지 않았어요."

"그도 그럴 것이 어제는 너무 갑작스러웠고, 뭔가 네 태도도 처음 보는 것치고는 무례한 느낌이라서 이상한 녀석이라고 생각해서 적의를 그대로 드러내 버렸어…… 미안."

에리는 나를 '당신'이라고 부르는 걸 그만둔 모양이다.

"게다가 지금은 네가 아이카의 특별한 사람이라는 걸 알았고."

"어라? 아이카를 친구가 아니라고 말하지 않았던가요?"

"그건…… 왜냐면."

그녀의 눈에 눈물이 떠오르는 것이 보였다. 창문으로 비쳐 들어오는 석양이 그 눈물을 붉은색으로 반짝이게 했다.

"왜냐면."

흘러 떨어진 눈물을 숨기는 것처럼 이번에는 에리가 얼굴을 양손으로 덮었다. 그 뒤편에서 떨리는 목소리가 들렸다.

"친구였다면, 이야기해주길 바랐기 때문이야. 어째서 아무런 말도 없이 가 버리는 거야. 남겨진 사람들이 얼마나 슬프고, 분하고, 외로운 기분을 느끼게 될지, 어째서 생각해 주지 않았던 거냐고……."

에리는 참을 수 없어진 것처럼 그 자리에 웅크려 앉아 소리 높여 울기 시작했다. 그런가. 그런 거였나.

나는 안심했고 또 기뻐졌다. 아이카, 듣고 있었어? 네 친구는 너를 싫어하고 있던 게 아니었어. 지금도 쭉 너를 좋아하는 모양이야.

나도 침대에서 내려와 흐느껴 우는 에리 가까이에 쪼그려 앉았다.

"에리 씨 정도는 아니지만, 저도 아이카를 알고 있어서……. 그녀는, 당신을 줄곧 제일가는 친구라고 생각하고 있었어요."

에리는 고개를 한 번 들고 날 보더니, 곧바로 얼굴이 일그러지며 또 눈물을 흘렸다. 그대로 그녀는 잔뜩 쌓여 더는 안고 있을 수 없게 된 응어리를 조금씩 해소하는 것처럼 웅크려 앉아 소리 높여 울었다.

그녀가 진정된 후, 병실을 나가 계산을 했더니 자릿수가 하나 잘못된 게 아닐까 싶을 정도의 금액이어서 눈이 휘둥그레졌다. 지금 지갑 안에 있는 돈으로는 부족해서 당황하고 있자, 에리가 반 이상 대신 내주었다. 나중에 갚으라며 쑥스러움을 감추는 것처럼 무뚝뚝한 목소리로 말하는 그녀에게 나는 깊이 머리를 숙였다.

병원을 나오자 이미 어두워져 있었고 비는 그친 상태였다. 밤하늘에는 오랜만에 보는 별이 수없이 반짝이고 있다. 역까지 바래다주겠다는 에리와 걸으며 나는 이야기했다.

"저기, 에리 씨."

"뭔데?"

"조금 전에 어째서 아이카는 말도 없이 갔냐고 말했었죠."

"응."

"저는, 아이카가…… 타살의 가능성도 있다고, 생각하고 있습니다."

에리는 아무 말도 하지 않고 날 봤다.

"아이카는 스스로 자기 삶을 끝낼 만한 사람이 아니라고, 에리 씨도 생각하지 않나요?"

"……줄곧 생각하고 있었어. 하지만 나중에 들었는데, 아이카는 가벼운 괴롭힘 같은 것을 당하고 있었대."

그녀는 고개를 숙이고는 주먹을 꽉 쥐고 있는 것처럼 보였다.

"그건, 확실히, 있었을지도 모릅니다만……. 그래도 아이카는 살아있으면 좋은 일은 훨씬 많이 있을 거라고 말했으니까요."

"그거, 아이카답네."

"그러니까 뭔가 짐작 가는 것이 있다면 알려주셨으면 합니다."

에리는 뭔가를 생각하는 것처럼 호흡을 세 번 한 뒤 입을 열었다.

"그러고 보니 호시노 선생님이 가끔 집까지 차로 바래다줬었던 모양이야."

나는 침을 삼켰다. 거기로 이어지는 건가. 아이카와 같이 있었던 그 액세서리 매장에서 그녀가 불현듯 호시노 선생님의 이름을 입에 담았던 것을 떠올렸다.

"아, 호시노 선생님은 우리가 다녔던 고등학교에 임시로 왔었던 수학 교사인데 그 사람 엄청난 미남이라 여자애들은 다들 푹 빠져 있었어. 하지만 안 좋은 소문도 있었거든. 뭐, 아마 여자애들이 상대해 주지 않으니까 남자애가 분풀이 삼아 퍼뜨린 소문이겠지만."

"어떤 소문이죠?"

"자기한테 호감이 있는 여학생을 집으로 데리고 가서, 그…… 좋지 않은 짓을 하고 있다든가 말이야. 게다가 매번 상대 여자애를 바꿔 가면서."

"……그렇습니까. 정보 감사합니다."

에리는 당황한 듯이 덧붙였다.

"앗, 어디까지나 소문이니까 말이야? 이걸로 이상한 행동을 일으키거나 하지 마!"

"하핫, 괜찮아요."

이윽고 역에 도착하여 나는 에리한테 몇 번이나 감사 인사를 했고, 그녀는 "됐다니까, 그런 거."라며 쑥스러워하는 듯했다.

작별 인사를 하려고 했지만 퍼뜩 생각이 난 게 있어서 에리한테 잠시 기다려 달라고 하고 편의점에 달려가 ATM으로 돈을 인출하여 병원비를 갚았다. 생각이 나서 다행이다. 나는 이제 이 사람과 만나지 못할지도 모르니까. 조금 놀란 에리는 "착실하네~"라며 웃으면서 그 돈을 받았다.

에리의 뒷모습이 보이지 않게 된 후, 나는 전철에 탔다. 어쩐지 몸이 무척 지친 것처럼 느껴진다. 오늘은 하루의 태반을 잠들어—— 있었다기보다는 의식을 잃고 있었던 것이나 마찬가지지만, 맨션에 돌아가서 이불 속으로 파고들면 당장이라도 또 잠들 수 있을 듯한 느낌마저 든다.

승객이 띄엄띄엄 앉아 있는 전철 안에서 좌석에 앉았는데 어째서인지 내 눈에서 내 뜻에 반해 눈물이 뚝뚝 흐르기 시작했다. 무슨 일인가 싶었지만, 가벼운 현기증으로 금방 짐작이 갔다. 주위 승객한테 이상하게 여겨지지 않도록 나는 자리에서 일어나 문에 기대는 것처럼 서서 바깥을 바라보는 척하며 얼굴을 가리고 작은 목소리로 이야기했다.

"아이카, 있는 거지?"

'응. 응. 다행이야, 나 에리한테 미움받은 게 아니었구나. 다행이야. 호즈미 군, 고마워.'

아이카는 떨리는 목소리로 몇 번이나 눈물을 흘리며 말했다. 그녀의 눈물이 내 뺨을 따뜻하게 타고 흐르는 것이 유리창에 반사되어 보였다.

"응, 다행이네……. 듣고 있었다면, 나와 줬다면 좋았을 텐데."

그녀는 작게 고개를 저었다.

'왜냐면 난, 역시, 유령 같은 존재니까. 내가 나갔다가 전처럼 호즈미 군이 무섭게 여겨지면 슬플 것 같아.'

"그런 일은 없을 거라고 생각하는데 말이야."

'아니야. 그래도 역시 날 이해해 주는 호즈미 군이 있다면 괜찮다고 생각했어.'

두근 하고 그녀의 심장이 기분 좋게 울렸다.

'편지, 읽었구나.'

"……응."

'아하하, 역시 부끄러웠어~ 읽게 하려던 생각 없이 쓴 거였으니까.'

두근두근하고 고동 속도가 빨라진다. 몸이 뜨거워져 간다. 속마음은 전해지지 않더라도 심장 박동은 공유하고 있다. 말로 하지 않아도 분명 내 마음도 너한테 전해지고 있을 것이다.

'그때의 나는 이렇게 되리라고는 생각지도 않았었네…….'

마음이 느껴진다고 해도 사람은 말이나 태도로 표현해 주기를 바라게 된다. 확증을 원하게 된다.

'저기, 호즈미 군도, 나를——'

가슴의 두근거림이 한층 빨라졌다. 취해 버릴 것만 같은 기분 좋고 감미로운 너의 고동. 나도. 나 역시, 너를 줄곧——

하지만 지금은.

말로 표현해서 서로의 마음이 통해 버리면 내 목숨에 미련이 생겨난다. 지금의 너에게 기대어 버리고 만다. 그건 너의 슬픈 운명을 용인하는 일이다.

"아이카, 들어줘."

괴로움을 삼키고 그녀의 말을 가로막는 것처럼 내 목소리를 냈다.

"나는 한 번 더, 호시노 선생님과 이야기해 보려고 해."

'어……?'

아이카는 시선을 들어 유리창에 비친 나를 봤다. 거기에 있는 나는 너에게는 어떻게 보이고 있었을까.

◀◀

월요일, 아침. 비는 약하게 내리고 있다.

집 현관에서 호시노 선생님이 사준 갈색 로퍼에 발을 집어 넣었다. 술렁술렁하며 가슴이 시끄러워지기 시작했다. 괜찮아, 분명. 인생은 잘 풀리게 되어 있어. 그렇게 스스로에게 되뇌고는 기운 좋게 집을 나섰다.

여느 때처럼 에리와 통학하여 신발장까지 와서 신발 가방에 넣어 뒀던 실내화로 갈아신고 빈 가방에 벗은 로퍼를 넣었다.

그리고 학교 가방에서 편지를 꺼내 아무것도 들어 있지 않은 내 신발장에 놓아뒀다. 거기에는 작게 '신발을 숨긴 사람에게'라고 적혀 있다. 반으로 접은 그 편지 안에는 '내 언동으로 뭔가 불쾌함을 주고 있었다면 사과하고 싶고, 괴롭힘을 당해도 어떻게 하면 좋을지 알 수 없기에 대화해서 개선하고 싶다. 그러니까 오늘 방과 후에 안뜰로 와 주었으면 좋겠다'는 내용의 글을 써 두었다.

이랬다가 엄청나게 무서운 사람이 오면 어쩌지. 집단으로 둘러싸이기라도 하면 어떻게 하지. 또 불안함이나 두려움이 스멀스멀하고 마음에 떠올랐지만 심호흡으로 그걸 떨쳐 내고 될 대로 되라고 마음속으로 외친 뒤, 날 기다려 주고 있던 에리한테 뛰어갔다.

오전 수업을 끝내고 점심시간에 신발장 상태를 보러 갔더니, 놓아뒀던 편지가 없었다. 전해진 걸까. 긴장이 커졌다.

오후의 수학은 호시노 선생님이 담당하게 되는 첫 번째 수업이었다. 처음에는 오히려 학생들 쪽이 긴장한 듯했지만, 선생님은 특별히 긴장한 기색도 없이 싱긋 웃으며 농담도 섞은 자기소개로 교실 분위기를 누그러뜨리고 즐거운 분위기로 순조롭게 수업을 진행했다. 임시 채용이라고 했었는데, '선생님'이 능숙한 사람이구나. 나는 생각했다. 어쩐지 그것도 내가 잘난 듯이 선생님을 평가하는 것 같지만, 그게 아니면 그 멋진 선생님 모습도 그의 연기인 걸까. 그렇다고 한다면 그건 그것대로 대단한 사람이라고 생각한다.

종이 울리고 수업이 끝나자 활발한 타입의 여자애들이 전부 몰려가 호시노 선생님을 에워쌌다. 나는 내 자리에서 그 광경을 별생각 없이 보고 있었는데 선생님은 생긋 웃는 얼굴로 여자애들한테 대응하다가, 날 봤다. 눈이 딱 마주치고 말아서 나는 황급히 창밖으로 시선을 피했다.

그리고 방과 후.

긴장하면서 잰걸음으로 안뜰로 가서 아직 비가 약하게 내리고 있었기에 우산을 쓰고 중앙에 있는 분수대 옆에 섰다. 분수대는 내가 입학했을 때부터 켜진 걸 본 적이 없었고 원래는 하얀색이었을 터인 그 분수대는 녹색 이끼와 갈색 흙으로 인해 볼품없는 모습으로 변해 있었다. 비 덕분인지 안뜰에는 나 말고 학생이 한 명도 없는 게 고마웠다.

몇 번이나 심호흡하며 마음에 슬며시 다가오는 불안함과

두려움의 그림자를 쫓아내고 있는데 안뜰로 나오는 문 중 하나가 열렸다. 펄쩍 뛰어오르는 심장에 이끌려 그쪽을 봤는데 나온 사람은 나와 같은 연극부 1학년인——

"오카베……?"

그녀는 우산을 펼치고 묵묵히 내 앞까지 걸어와 멈춰 서더니 아무 말도 하지 않은 채 고개를 숙였다.

몸집이 작고 검은 테 안경을 썼으며 얼굴을 가리는 듯한 중간 정도 길이의 검은 단발머리를 한 그녀는 반이 다르기에 거의 이야기한 적은 없다. 동아리 활동에서도 조명이나 음향 등 무대장치를 담당하고 있어 그다지 남과 어울리려 하지 않았기에 혼자 있는 걸 좋아하는 걸까 하고 생각하고 있었다.

"……여기 와 줬다는 건, 오카베가 내 신발을 숨긴 거야?"

그녀는 조금 망설이는 것처럼 입을 움직이다가 말없이 고개를 끄덕였다. 내 눈을 보지 않는다.

"실내화에 압정을 넣은 것도?"

오카베는 얼굴을 찡그리더니 우산을 들고 있지 않은 쪽 손으로 눈가를 가렸다. 그녀의 어깨가 떨리고 있었다. 하얗고 가느다란 손가락 사이로 떨리는 목소리가 들려왔다.

"미안, 해. 지독한 짓을, 했어."

그 말에 마음을 얽매고 있던 긴장이나 불안이 스르륵 풀려 녹아가는 것처럼 느껴졌다. 나를 위협하고 있던 정체 모를 악의는 베일을 벗겨 보니 작게 떨고 있는 같은 나이 여자애였다.

나는 마음에 남아 있던 원한을 내뱉는 것처럼 천천히 숨을 내쉬고 목소리를 냈다.

"저기…… 나도 슬프고 무섭고 분하기도 했지만 사과해 준다면 용서할 수 있도록 노력할 테니까. 그래서 왜 그런 짓을 한 건지 알려 줄래? 나한테 잘못이 있었던 거라면 나도 사과하고 싶고 개선하고 싶어."

오카베는 얼굴을 덮고 있던 손을 내리고 날 봤다. 눈이 빨개져 있었고 눈물로 젖은 흔적이 있다.

"……스즈시로가 호시노 선생님이랑 사이좋아 보이는 게, 싫어서."

"뭐?"

예상 밖이었다. 그도 그럴 것이 나한테는 내가 호시노 선생님과 사이가 좋다는 실감이 전혀 없었다. 그런 내 마음을 읽은 것인지 오카베는 눈동자에 불만스러운 기색을 띠며 뒷말을 계속했다.

"차에 타고 같이 돌아가거나, 우산을 빌리거나, 복도에서 둘이서 이야기하거나 했었잖아."

"아니, 그건, 우산을 도둑맞아서 곤란해하던 때 우연히 선생님이 온 거고, 전혀 사이좋지 않은데?"

"하지만 선생님이 스즈시로의 머리카락을 만지고 있었어. 사귀고 있는 거 아니야?"

그 말에 얼굴이 뜨거워지는 것을 느꼈다. 그날 보고 있었구나.

"그건 선생님 쪽에서 온 것뿐이고……. 아니 그보다, 난 달리 계속 좋아하던 사람이 있으니까 말이야? 믿어줄래?"

"그런 거야?"

그녀는 매달리는 듯한 눈으로 날 봤다. 눈에 띄지 않는 듯한 아이지만 지켜주고 싶어지는 귀여움이 있다고 생각했다.

"그렇대도. 그러니까 나는 호시노 선생님과는 아무 사이도 아니니까 안심해. 오카베는 선생님을 좋아하는 거지?"

내 말에 오카베는 얼굴이 빨개져서 고개를 끄덕였다.

"그 사람이 선생님이 되기, 전부터……."

"어? 아는 사이였어?"

"오빠가 극단에 있어서 나도 가끔 도우러 갔다가 거기서 알게 됐어."

오카베는 극단에서 운명적으로 만난 호시노 선생님과 이야기하기도 하고, 가끔 호시노 선생님이 다정하게 대해 줘서 완전히 좋아하게 되었던 모양이다. 선생님이 대학 졸업과 함께 극단에서 나갔기 때문에 만날 기회가 줄어들어 침울해져 있던 차에 자기가 다니는 고등학교에 교사로 부임한다는 것을 알고 놀라며 기뻐했다고 한다. 줄곧 동경하던 사람과 재회했는데 그 사람이 다른 여자애들한테 인기가 많으니 제법 안달이 났었을 것이다.

“하지만, 그렇다고 해서 나한테 그런 짓을 한들 아무것도 해결되지 않아.”

그녀는 또 울 것 같은 얼굴이 되어 머리를 숙였다.

“정말로 미안해. 감정을 억누를 수가 없어서 어떻게 됐었나 봐.”

그렇다. 감정은 괴물이다. 날뛰면 감당할 수 없게 되어 스스로도 생각지 못한 행동으로 이어지고 마는 경우도 있다. 나도 조심하지 않으면.

오카베는 등에 메고 있던 가방을 내리고 지퍼를 열어 안에서 비닐봉지에 든 무언가를 꺼내 내게 내밀었다. 받아서 안을 살펴보니 그건 없어졌던 내 로퍼였다. 제대로 가지고 있어 줬다고 안도하여 가슴을 쓸어내렸다.

“고마워.”

미소 지으며 고맙다는 말을 하자 오카베는 힘없이 고개를 저었다.

“용서해, 주는 거야?”

“으음~ 이쪽은 무척 슬프고 무서운 경험을 했었는걸?”

“으으, 그렇겠지…….”

그녀는 또다시 눈가에 눈물을 띠었다. 충분히 반성하고 있는 모양이고 신발도 돌려주었으니 갚아 주는 건 이 정도면 됐나.

“그럼 내 부탁을 들어줄래? 그러면 용서해 줄게.”

"으, 응, 내가 할 수 있는 일이라면……."

"나랑, 친구가 되어 줘."

그렇게 말하자 오카베의 얼굴이 환하게 밝아졌다.

"응, 응, 될게! 괜찮아?"

"그리고 약속해 줘. 더는 질투 때문에 괴로워도 뒤에서 다른 사람을 괴롭히는 짓은 하지 않을 것."

"응, 약속할게."

"그리고, 지금은 교사와 학생이니까 안 되지만 졸업하고 나서도 좋아한다면 호시노 선생님한테 분명하게 자기 마음을 전할 것."

"으, 응…… 노력할게."

그녀는 가슴 앞에서 주먹을 꽉 쥐어 보였다. 아마 근본은 좋은 아이일 것이다.

화해한 우리는 같이 늦게 동아리 활동에 참가했다. 부장한테 사과하고 체육복으로 갈아입고 나서 둘이서 스트레칭을 시작했다. 호시노 선생님은 아직 오지 않았다.

▶▶

월요일, 학교에 가서 앞자리에 앉은 친구에게 말을 걸었다.

"저기, 알고 있으면 가르쳐 줘. 호시노 선생님에 관해서 뭔가 안 좋은 소문 같은 거 들은 적 있어?"

오가와라는 몸을 비틀어 신기한 것을 보는 듯한 눈으로 날 쳐다봤다.

"오우, 어쩐 일이야. 호즈밍이 다른 사람한테 관심을 가지다니 별일이잖아. ……아니, 그보다 어째 얼굴이 변했다?"

"엇, 그런가."

"응. 지금까지 어딘가 먼 곳만을 보면서 멍하게 지내는 듯한 얼굴이었는데 지금은 뭔가 가까운 미래를 똑바로 보고 있는 것처럼 야무진 느낌이 들어."

그 말을 듣고 생각했던 것 이상으로 이 친구가 나라는 인간을 의식해서 보고 있었다는 것을 깨닫고 고맙게 느꼈다.

"뭐, 조금 여러 가지 일이 있어서 말이야."

"그러냐. 좋다고 생각해. 그래서 호시노 선생님의 소문 말인데 확실히 안 좋은 것도 들리긴 하지만 남자들이 호시노의 주가를 떨어뜨리려고 의도적으로 퍼뜨리려는 듯한 것이 대부분이야. 그래도 뭐 그것도 호시노 팬인 여자들은 아랑곳하지 않는 것 같지만 말이야."

에리도 비슷한 말을 했었다. 학교라는 건 어디든 마찬가지인 걸까.

"아아, 그래도 그건 조금 신빙성이 있으려나. 예전 제자인 여대생과 사귀고 있다는 거."

역시 소문 정도로는 그다지 유익한 정보가 되지 않을 것 같다. 나는 일단 오가와라한테 고맙다는 말을 했다.

"그렇군, 고맙다."

"이 정도로 뭘, 됐어. 그런데 저번 주 금요일은 무슨 일 있었냐? 감기라도 걸렸었어?"

"어? 아아."

여러 일이 있어서 까먹고 있었지만 그러고 보니 나는 금요일은 병결 처리로 되어 있었다. 그때부터 꿈에서 본 기증자 여자애의 집까지 가서 하룻밤 묵고, 그녀의 친구 집까지 밀어닥쳤다가 경찰을 부르겠다는 으름장을 듣고, 타임캡슐을 묻었다가 다음 날에 파내고, 의식을 잃고, 쇼핑몰에서 데이트하고, 병원에서 그녀의 친구와 화해하고, 그리고 돌아왔습니다. 말할 수 있을 리가 없다.

"……조금 여러 일이 있어서 힘내고 있었어."

깊게 캐물으려나 싶어서 긴장했지만 오가와라는 눈썹을 치켜올리고 "흐음."이라고 중얼거린 뒤 입꼬리를 히죽 올리고는,

"좋잖아."

그 말만 하고 엄지를 세운 오른손을 보이더니 다시 칠판 쪽을 향했다. 약간 맥이 빠졌지만, 이 거리감도 이 녀석의 마음 씀씀이일지도 모르겠다는 생각이 들어 고마워진다.

문득 창밖으로 향한 시선 끝에서는 두꺼운 비구름을 가르고 아침 해가 한 줄기의 렘브란트 광선을 내보내고 있었다.

점심시간에 찾아간 교무실에서는 호시노 선생님을 발견할 수가 없었다. 그 대신에 담임 선생님과 이야기해서 호시노 선생님에 관한 정보를 들었다. 담임 선생님은 호시노 선생님과 사이가 좋은 모양이라 그의 경력과 취미까지 싹싹하게 말해 주었다. 평소에 붙임성이 없는 내가 적극적인 게 기쁜 것일지도 모른다.

수학 시간에 선생님의 얼굴을 볼 수는 있지만, 수업이 끝난 후의 선생님은 여학생들한테 에워싸여서 말을 걸 수 있을 것 같지 않다. 방과 후에 다시 찾아간 교무실에서 겨우 호시노 선생님을 붙잡을 수 있었다.

"어라, 호즈미 군. 무슨 일이니. 몸 상태는 이제 괜찮아?"

선생님은 자기 의자에 앉은 채 부드러운 미소를 띠고 나를 올려다봤다. 책상에는 참고서나 문제집 등 다양한 자료가 놓여 있다.

"네, 이제 괜찮습니다. 그래서 호시노 선생님과 이야기하고 싶은 것이 있습니다만, 시간 괜찮으신가요?"

내 말에 선생님은 기뻐 보이는 표정을 지었다.

"오오, 뭔데? 수업에 관한 것?"

"아뇨, 스즈시로 아이카 양에 관해서입니다."

선생님의 미소가 한순간이지만 굳어진 것처럼 보인 건 내가 이 사람을 의심하고 있기 때문일까. 그 미세한 변화를 눈치챌 수 있을 정도로, 나 자신도 신기할 정도로 침착한 상태이기 때문일까.

"아아, 그때 과거에 편지를 주고받았다고 했던가?"

"……네. 저기, 여기서는 조금 시끄러우니 어딘가에서 둘이서 이야기하지 않겠습니까?"

"데이트 신청이야? 미안하지만 예약은 훨씬 앞까지 꽉 차 있어서——"

"죄송합니다만, 저는 진지합니다."

농담조로 얼버무리는 선생님의 말을 가로막는 것처럼 내뱉은 목소리는 스스로도 생각한 것 이상으로 커졌다. 주위의 교사들이 이쪽 상황을 힐끔 엿보는 게 시야 구석에 비쳤다. 그건 효과적이었는지 호시노 선생님은 어깨를 으쓱이며 말했다.

"알았어. 다만 내일 쓸 자료도 작성해야 하고 그게 끝나면 연극부에도 얼굴을 내비쳐야만 해. 긴 이야기가 될 거라면 조금 늦어지겠지만 그 후에라도 괜찮겠어?"

"네. 기다리고 있겠습니다."

나는 고개를 숙이고 교무실에서 나왔다. 내가 꿈에서 본 과거의 아이카가 자살한 것이건, 타살을 당한 것이건 목숨을 잃기 전에 어떻게 해서든 그걸 막아야만 한다. 그걸 위해서는 더욱 알 필요가 있다. 무엇이 그녀를 죽음으로 몰아넣었는지.

바늘이 왼쪽 가슴에 찔리는 듯한 날카로운 아픔을 느끼고 얼굴을 찡그렸으나 그건 금방 지나갔다. "휴." 하고 안도의 한숨을 내쉬었다. 학교에서 쓰러지기라도 했다간 큰일이다.

방과 후의 복도는 동아리 활동을 하러 가는 사람, 잰걸음으로 귀가하는 사람, 모여서 열심히 수다를 떠는 사람 등으로 북적거리고 있다. 취주악부에서 트럼펫이나 트롬본을 연습하는 소리도 들린다. 오늘도 비가 약하게 내리고 있는데 운동장에서 달리기 연습 중인지 운동부의 기합 소리도 들린다.

이곳에 있는 누구나가 청춘이라 불리는 이 시간 속에서 자신의 생명을 지니고 그걸 전력으로 구가하고 있는 것처럼 느껴진다. 나는 그런 열의를 가지지 못했고 아이카는 그걸 손에서 놓아버렸거나 혹은 빼앗겼다. 천천히 숨을 내쉬고 복도를 걷고 있는데 가벼운 현기증이 나고 머릿속에 목소리가 울렸다.

'저기, 호즈미 군.'

"아이카, 깨어났구나."

그녀는 내 머리로 고개를 끄덕였다.

'호즈미 군, 아니라면 미안한데.'

"응?"

'혹시 내 과거를 바꾸려 하고 있어?'

나도 모르게 걸음을 멈추고 말았다. 어떻게 대답해야 할지 망설였지만 내 반응이 이미 무언의 대답이 되고 만 것이리라.

'날 구하려고 해주는 건 기쁘지만…… 호즈미 군의 몸에는 내 심장이 들어있는 거지?'

왼쪽 가슴이 불온하게 뛰었다. 아이카한테 직접 그걸 이야기하지는 않았지만 그녀가 깨어 있을 때 무언가의 계기로 알게 되는 경우는 당연히 있을 것이다. 얼버무리는 건 불가능하다.

"……응. 나는 네 심장의 수혜자야."

'그럼 내 과거가 바뀌어서 내가 살아있게 되면 호즈미 군은 어떻게 되는 거야?'

역시 거기까지 생각이 미치리라. 상냥한 네가 내 의도를 눈치채게 할 수는 없었다.

"……그건, 알 수 없고 생각하면 안 돼."

'안 돼. 제대로 생각하지 않으면! 만약 내가 살아남는 대신에 호즈미 군이 죽는다면 나는 살고 싶지 않아.'

그런 말 하지 말아 줘.

나는 시선을 복도 창문 너머로 향했다. 2층에서 내려다본 그곳에서는 하교하는 학생들의 우산이 강에 흘러가는 꽃처럼 흐드러지게 피었고 교정의 수국이 비를 맞아 흔들리고 있었다.

"나는 이 목숨에 그다지 가치를 느끼고 있지 않아. 너한테서 생명의 근간을 받아 삶을 연명하고 나서도 내가 계속 살아가는 건 너의 심장을 위해서라고 생각하고 있었어."

그녀가 숨을 삼키는 것을 내 폐로 느꼈다.

"그래도 내 목숨의 가치를 스스로 찾아낸다고 한다면……

과거의 너를 구할 수 있을지도 모른다는 것이 내 목숨의 가치라고 생각해. 그건 분명 나밖에 할 수 없는 일이고 그걸 할 수 있는 가능성을 이 목숨이 가지고 있다는 것을 지금은 자랑스럽게까지 생각해."

왼쪽 가슴이 애절하게 아파져 오는 건 너의 감정일까.

"그러니까 내가 널 구하는 것을 부디 허락해 줬으면 해."

눈에 들어오는 경치가 흐릿해지고, 번져서 내 눈에서 눈물이 한 방울 떨어졌다.

'배와 대추, 수수와 밤이 잇따라 영글어도

나는 떨어져 있는 그대와 지금은 만날 수 없지만——'

머릿속 아이카의 목소리가 자신이 좋아하는 시가를 읊조렸다. 아이카는 떨리는 목소리로 뒷말을 이었다.

'나는 온전한 「나」로서 호즈미 군과 만나고 싶었어. 그뿐인데 어째서 이렇게 되어 버린 걸까.'

두 방울, 세 방울, 아이카의 눈물이 떨어진다. 울지 말아줘, 아이카.

"조금 부적절한 생각일지도 모르겠지만, 이렇게 되지 않았더라면 우리는 만나지 못했을 거야. 서로의 존재도 모르는 채 살고, 죽어 갔겠지."

나는 그녀의 눈물을 손으로 닦고 뒷말을 이었다.

"그래도 이렇게 되었으니까 내가 너를 알게 됐잖아. 너도 나를 알게 됐고. 연결이 생겼어. 그리고 이번에는 그 연결 덕분에 널 구하러 갈 수 있어. 그건 무척이나 멋진 운명이라고 생각해."

하늘을 뒤덮은 구름이 조금 끊겼다. 그곳에서 빗속으로 저녁노을의 색을 띤 빛의 사다리가 쏟아져 내렸다. 옛날 사람들이 거기에 신이 있다고 생각한 것도 납득이 되는 듯한…….

"네가 살아도 내가 꼭 죽을 거라는 보장은 없어. 그때는 내가 널 만나러 갈게. 만약 내가 움직일 수 없다면……."

그건 무척이나 아름답고 신비로운 광경이었다.

"네가 만나러 와줘."

아이카는 몇 번이고 힘차게 고개를 끄덕였다.

'응, 응. 약속할게. 꼭, 꼭 만나러 갈게.'

우리는 아직 정말로는 한 번도. 「우리」로서 만난 적이 없다. 그렇다고 하더라도——

나는 다시 복도를 걷기 시작하며 네가 읊조린 시가의 뒷부분을 불렀다.

"——계속해서 뻗어가는 넝쿨처럼

훗날 접시꽃 피는 날에는 그대와 만날 수 있으리다."

언젠가 다시 만날 수 있는 날을 우리는 쭉 꿈꾸고 있다.

◀◀

가을 발표회를 향해 대본 연습을 하고 있는데 여느 때처럼 아무런 전조도 없이 가슴에 불이 켜지는 것처럼 따뜻한 온도가 찾아왔다.

"앗."

나도 모르게 목소리를 내고 말았다. 호즈미 군이 온 것이다. 기뻤지만 동아리 활동 중에는 대화할 수 없는 게 아쉽다.

연습용 부실이 없는 연극부는 빈 교실의 책상을 가장자리에 전부 붙여 그곳을 관객석으로 가정하고 빈 곳에서 연극 연습을 한다. 난 지금은 출연이 없기에 선배들의 연기를 보고 있던 참이었다.

"무슨 일이야, 스즈시로?"

옆에서 대본에 음향 타이밍을 적어 넣고 있던 오카베가 날 봤다.

"아, 아니, 아무것도 아니야."

황급히 얼버무렸다. 조금 전에 이야기한 좋아하는 사람이 왔다고 말해 봤자 이상한 녀석이라고 여겨질 뿐이다.

호즈미 군은 상황을 이해하고 있는지 말없이 있어 줬다. 그래도 지금 내 안에 그가 있다. 내가 보는 것, 듣는 것, 만지는 것을 그가 공유한다. 가슴의 두근거림이 빨라지는 것을 느끼면서 애가 타는 심정으로 연극을 보고 있는데 교실 문이 열리고 호시노 선생님이 얼굴을 내비쳤다. 왼쪽 가슴의 심장이 쿵 하고 뛴 느낌이 들었다. 옆에 있는 오카베도 몸을 작게 움츠리는 게 보였다.

선생님은 "계속해."라며 작게 말하고 벽에 등을 기댄 채 팔짱을 끼고 선배들의 모습을 보고 있다. 극단 경험자인 선생님은 요점을 정확히 파악하고 있어서 연극에 관한 조언도 납득이 될 정도라 이미 부원들의 신뢰를 얻고 있는 듯했다.

장면 하나의 연기가 끝나면 슬레이트로 딱 소리를 내는 대신 부장이 손뼉을 친다. 부장인 다나카 선배는 대본을 쓰고 연기도 하면서 감독도 맡고 있는 멀티플레이어였다. 단순히 부원 수가 적어서라는 이유도 있지만.

호시노 선생님이 벽에서 등을 떼고 조금 전에 연기했던 장면에 대해 조언했다.

"응, 다들 무척 좋네. 대사도 잘 외우고 있는 것 같고 감정도 잘 실려 있어. 하지만 전체적으로 말을 조금만 더 천천히 발음하도록 유념해 봐. 평범하게 말하고 있다고 생각해도 객관적으로 보거나 들으면 생각한 것 이상으로 빨라져 있는 법이거든. 가능하다면 녹음이든 녹화든 해서 연기를 기록하고 나중에 돌이켜보면 좋아."

"과연, 그거 좋네요. 곧바로 해 보도록 하죠."

다나카 선배는 그렇게 말하고는 자기 가방에서 스마트폰을 꺼내 뭔가 조작한 뒤 내 옆에 있는 오카베한테 건넸다.

"오카베, 부탁해도 될까."

"앗, 네."

오카베는 부장한테서 간단히 조작 방법을 들은 뒤 스마트폰을 들었다. 기록으로 남겨지는 건 조금 부끄럽다는 생각이 들었다. 하지만 그래서는 무대에 올라갈 수 없다며 생각을 고쳐먹고, 나는 마음에 호즈미 군을 품은 채 자신이 등장하는 장면을 위해 일어섰다.

동아리 활동이 끝나고 해산한 뒤, 오카베한테 인사를 하고 교실을 나왔다. 복도에 나오자 곧바로 입가를 손으로 가리고 목소리를 냈다.

"호즈미 군, 말없이 있어 줘서 고마워."

'응. 아이카의 연기 좋았어.'

"아직 연습 중이라 부끄러운걸."

'그런데 조금 전에 그 애가 한 권유 거절해도 괜찮은 거야?'

동아리 활동이 끝나고 오카베가 같이 집에 가자고 말해 주었지만 빨리 호즈미 군과 이야기하고 싶었던 나는 볼일이 있다며 거절하고 말았다. 친구가 되자고 말해 놓고서 미안한 일을 했다는 생각에 마음이 약간 아팠지만 언제 와 줄지 모르는 호즈미 군과의 시간도 나는 소중히 하고 싶었다.

"괜찮아, 내일 사과해 둘 테니까. 아, 그렇지. 이거 봐, 호즈미 군. 전에 샀던 케이스 끼웠어. 귀엽지?"

나는 가방에서 스마트폰을 꺼내 폭신폭신한 토끼 귀가 달린 케이스를 끼운 스마트폰을 시야에 넣었다.

'아, 아아, 그거네. 으음, 어제, 였던가.'

"그렇다구. 뭐야, 벌써 잊어버렸어?"

내가 입을 삐죽이며 말하자 그는,

'나는 잠결에 머리가 멍할 때가 자주 있으니까.'

그렇게 말하며 얼버무리는 것처럼 웃었다.

생각해 보면 타임캡슐을 묻은 날도 그랬다. 희미한 위화감. 그날 그는 오늘이 무슨 요일인가를 내게 물었다. 평범하게 생활하고 있다면 토요일을 까먹을 일은 없지 않을까.

말로 잘 표현할 수 없지만 그는 뭔가가, 다르다. 그런 느낌이 든다.

'……그런데 아이카, 이제부터 내가 조금 이상한 말을 할 건데 마음속에 잘 담아 두고 있어 줄래?'

"어? 응. 뭔데?"

내 발걸음은 신발장까지 와 있었다. 그러고 보니 오늘은 비슷한 로퍼를 두 켤레 가지고 있는데 어느 쪽을 신고 집에 가지.

'앞으로 어떤 괴로운 일이 있어도 절대로 목숨을 버리는 짓은 하지 말아 줘.'

"뭐?"

'그리고, 만약 널 상처입히려 하는 사람이 나타나면 전력으로 도망쳐서 나를…… 아니, 경찰을 불러.'

그는 뭘 당연한 말을 하는 걸까 하고 생각했다. 하지만 내 안에서 무의식적으로 의문스럽게 여기고 있었던 몇 가지 조각이 딱딱 맞춰져 가는 듯한 느낌이 들었다.

어째서 호즈미 군은 내 안에 나타나는가.

어째서 그건 언제나 낮 동안인가.

어째서 내 몸을 걱정해 주는 것인가.

어째서 요일을 나한테 확인한 것인가.

어째서 이유를 말하지 않고 타임캡슐을 묻게 했는가.

어째서 그날, 내가 지킬 테니까 라고 중얼거린 것인가.

어째서 어제, 연락처를 교환하자는 제안에 가슴이 아파진 것인가.

'아이카……? 왜 그래?'

내가 신발장 앞에서 가만히 서 있자 호즈미 군은 걱정하는 듯한 목소리를 냈다.

"저기, 호즈미 군. 나도 조금, 이상한 말을 해도 괜찮을까."

'어? 뭔데?'

조금 전이랑 입장이 역전됐네. 나는 미소 지었다.

그리고 내 머리가 도출해 낸 그 농담 같은 결론을 가벼운 어조로 말해 봤다.

"호즈미 군은 미래 사람이야? 거기서 나는, 이미 죽은 거려나?"

그가 깜짝 놀라 숨을 들이마신 것과 동시에 가슴 속의 열은 사라졌다.

▶▶

종소리에 벌떡 일어나자 아이카가 다니는 고등학교의 신발장이 아니라 내가 다니는 고등학교 교실에 있었다.

호시노 선생님의 동아리 활동 시간이 끝날 때까지 여기서 시간을 때우고 있자고 생각했던 것이다. 어느샌가 책상에 엎드려 잠들어 있었던 모양이다.

「호즈미 군은 미래 사람이야? 거기서 나는, 이미 죽은 거려나?」

아이카가 마지막에 한 말이 귀에 남아 있었다. 그녀의 슬픈 결말은 그녀에게는 전해지지 않도록 조심하려던 생각이었는데 이번에는 너무 조급하게 행동해 버린 것일까.

아니, 그래도 괜찮다. 그녀에게 전해짐으로써 그녀의 운명이 변한다면 그편이 좋다.

그것보다도 지금은.

나는 덜컥 소리를 내며 의자에서 일어나 가방을 붙잡고 뛰다시피 하며 교실에서 나갔다.

교무실 앞 복도에서 기다리고 있는데 하교를 알리는 종이 울린 뒤에도 교내에는 많은 사람이 있음을 알 수 있었다. 고문으로 생각되는 교사한테 인사하고 즐겁게 계단을 내려간

건 취주악부 학생일까. 어깨에 멘 가방에는 소중한 악기가 들어 있을 것이다. 나는 오른손을 가슴에 대고 나의 소중한 고동을 확인했다.

잠시 후, 호시노 선생님이 계단에서 내려오는 게 보였다.

"아아, 호즈미 군. 여기서 기다려 주고 있었구나. 미안하네, 기다리게 해서."

"아뇨, 제 고집이니까요."

선생님은 잠깐 짐만 챙겨 오겠다고 말하고 교무실로 들어가 1분 정도 후에 나왔다. 그의 오른손에는 무거워 보이는 검은 비즈니스 가방이 들려 있다.

"자, 조용히 이야기할 수 있는 장소를 원하는 거지? 사실은 학생은 그만 돌아가야 하지만 오늘은 특별히 교사의 특권을 행사해 줄게."

선생님은 장난스럽게 미소 지으며 비밀임을 나타내는 것처럼 검지를 입 앞에 세워 보였다. 그 손가락에 무언가가 매달려 있는 게 보였다. 짤랑거리는 소리를 낸 그것은 복도 형광등에 비추어져 은색으로 빛나는 열쇠와 그 열쇠를 사용하는 장소가 기재된 작은 플레이트. 거기에는 '옥상'이라고 적혀 있다.

"엇, 옥상에 나가는 겁니까? 비가 내리고 있는 것 아닌지……."

"호즈미 군, 모르고 있었어? 비는 한참 전에 그쳤어. 게다가 오늘은 보름달이 뜨는 날이라고."

선생님의 뒤를 따라 옥상에 나가 보니 선생님 말대로 비가 그친 상태였다. 저물어 가는 하늘에서 땅거미가 지고 그 땅거미와 함께 불어온 바람에서는 평소의 푹푹 찌는 듯한 더위가 아니라 기분 좋은 시원함이 느껴졌다. 태양은 빨간색 빛을 내뿜으며 멀리 있는 건물 뒤편으로 가라앉으려 하고 있다. 이제 몇 분만 더 지나면 어두운 밤이 온 하늘을 뒤덮을 것이다.

"스트로베리 문이라고 부른다고 하네."

옥상 한가운데에서 하늘을 올려다보던 선생님이 말했다. 그에 이끌리는 것처럼 나도 하늘을 봤다. 황혼의 하늘에 뜬 구름이 틈새가 나 있었고, 그 사이로 희미하게 붉은색이 감도는 빛을 내뿜는 달이 둥글게 떠 있다.

"스트로베리, 요?"

"6월의 보름달은 그렇게 부른다고 연극부 여자애가 말하더군. 미국이었나 어디에서 딸기 수확 시기에 볼 수 있기 때문에 그렇게 불리는 모양이야. 다만, 그녀들한테는 그런 배경보다도 '좋아하는 사람과 함께 보면 맺어진다'라는 속신(俗信)에 들떠 있는 것 같지만 말이지."

선생님은 내 쪽을 보고는 어깨를 으쓱였다.

"설마 남학생과 둘이서만 보게 될 거라고는 나도 생각지 않았네. 하핫."

"그렇습니까……. 그래서, 선생님. 스즈시로 아이카 양에 관해서입니다만."

잡담하는 시간이 아까워 그렇게 화제를 꺼내자 선생님은 재차 웃었다.

"급하게 재촉하네~ 뭔가 묻고 싶은 게 있어? 그녀와 연관이 있었던 건 몇 년이나 전이니까 이야기할 수 있는 게 있을지 어떨지는 잘 모른다?"

요사스러운 빨간 달이 내리쬐는 빛은 선생님의 얼굴에 진한 그림자를 만들어 내고 있지만 거기에 떠올라 있는 건 언제나 교실에서 보여주는 듯한 어딘가 가면 같은 미소였다.

"네. 저기, 이전에 그녀가 자살했다고 알려주셨었습니다만."

"……응. 정말로 안타까운 일이었지."

아무리 그래도 웃으면서 이야기할 수 있는 내용은 아니기 때문인지 선생님은 미소를 멈추고 가라앉은 목소리로 그렇게 말했다.

"정말로, 자살이었을까요?"

내 말에 선생님은 호흡을 한 번 하고 나서 말했다.

"그게 무슨 말이지?"

"그녀와 사이가 좋았던 친구와 어제 이야기를 했습니다. 그 사람은 아이카 양은 스스로 목숨을 끊을 사람이 아니라고 말했었고 저도 그렇게 생각하고 있습니다."

"친구에게도 말할 수 없는 고민을 품고 있었던 아닐까. 나도 나중에 알았지만 그녀는 뒤에서 누군가한테 괴롭힘을 당하고 있었다는 것 같던데."

"호시노 선생님이 그녀의 집까지 자동차로 바래다주었다는 것 같더군요."

어둠 속에서 선생님이 눈썹을 치켜뜬 것이 보였다. 나는 그의 반응 하나하나를 놓치지 않겠다는 생각으로 똑바로 응시했다.

"아아, 확실히 그런 일도 있었지. 신발을 잃어버려서 곤란해하고 있었던 것 같아서 바래다줬어. ……어, 뭐야, 나 혹시 의심받고 있는 건가?"

선생님은 손을 펴고 가볍게 웃으면서 농담처럼 말했다.

"아뇨, 그런 건 아닙니다만. 저는 진상을 알고 싶은 겁니다."

"진상이고 뭐고 그녀는 목을 매서 자살했어. 그것뿐이잖아? 타살이었다면 한참 전에 경찰이 증거를 철저히 조사했을 거야."

"선생님, 그녀는 목을 매서 즉사한 게 아니라 실패해서 뇌사 상태에 빠진 것이라는 사실은 알고 계셨습니까?"

선생님의 표정은 바뀌지 않았다. 아니, 바꿀 수 없었던 것일까.

"뇌사 상태에서는 장기가 살아있습니다. 그녀는 기증자 등록을 하고 있었기에 그녀 어머니의 결단으로 생전 그녀의 의사를 존중하여 장기 제공이 이루어졌습니다."

바람이 불고 구름이 움직인다. 보름달이 가려져 밤이 한층 깊어진 듯한 느낌이 들었다.

"당시 제한성 심근증이라는 심장병을 앓고 있었고 수혜자로서 적합했던 저는 그녀한테서 심장을 물려받아 이식 수술을 받았습니다. 지금도 가슴에 수술 흔적이 남아 있습니다."

침묵하는 선생님에게 나는 크게 고동치는 심장을 억누르며 재차 말을 던졌다.

"그리고 선생님. 알고 계십니까. 이식받은 심장에 원래 주인의 기억이 깃드는 경우가 있다는 사실을."

나는 아직 꿈속의 미래를 모르기에 그건 선생님을 떠보는 허세에 지나지 않았지만 희미한 달빛 속에서 선생님이 입술을 핥는 것이 보였다. 그건 심리적으로 스트레스나 불안함을 느끼고 있다는 사인.

"흐음…… 재미있는 이야기가 다 있구나."

구름이 끊겼는지 달이 다시 빛을 발했다. 선생님은 고개를 숙이고 있었고 눈은 가려져 있지만 입꼬리는 꺼림칙하게 올라가 있는 것처럼 보였다. 나는 선생님한테서 눈을 떼지 않았다.

"신기하지……. 인간은 물과 단백질로 이루어진 단순한 고깃덩어리잖아?"

선생님은 갑자기 그런 이야기를 하며 발걸음을 뗐다. 내가 서 있는 곳은 옥상으로 나오는 문에서 몇 미터 떨어진 위치지만, 그는 호(弧)를 그리는 것처럼 천천히 이쪽을 향해 걸어와서——

"그런데도 어째서 그 단백질은 다른 단백질을 무척이나 소중하게 생각하거나, 어떻게 해서든 그걸 갖고 싶어하거나, 잃어버려서 마음이 망가질 정도로 상처를 받거나……."

그리고 선생님은 나와 문 사이에 섰다. 내 퇴로를 끊는 것처럼.

"그 단백질의 존재나 추억을 마음의 버팀목으로 삼아 살아가거나 하는 걸까. 나는 줄곧 그걸 알 수가 없었어."

그가 무슨 말을 하고 싶은 건지 알 수 없었지만, 바닥이 보이지 않는 어둠 같은 정체 모를 공포만은 느껴졌다.

"그래서 그 심장을 형성하는 단백질의 기억은 너한테 뭐라고 말하고 있지?"

호시노 선생님은 고개를 들고 날 봤다. 피가 번진 듯한 달빛이 비치는 아름답고 반듯한 얼굴에 무표정한 것보다도 차갑게 느껴지는 미소를 띠고서.

◀◀

나는 벗은 실내화를 신발장에 넣고 오카베한테서 돌려받은 신발을 비닐봉지에서 꺼내 밑에 내려놓고 그걸 신었다. 마음에는 이상한 술렁거림이 있었다.

결국 진상은 다음에 호즈미 군이 올 때까지는 알 수 없다. 하지만 마지막에 그가 보인 반응으로 보건대 아무래도 영 틀린 것만도 아닌 듯했다.

호즈미 군은 미래에서 내 안에 들어와 있다. 그리고 그곳에서는 난 이미 죽은, 듯하다.

철렁하고 심장이 불온한 소리를 냈고.

미래라는 것이 어느 정도 앞날인지는 모르겠지만 그렇다고 한다면 그가 전에 말했던 무척 멀어서 만나기 어렵다는 이야기나 어제 연락처 교환을 거절한 것도 납득이 된다. 시간이 다르다면 문자도 전화도 연결될 리가 없고 만나러 갈 수 있을 리도 없다.

불현듯 내 눈에서 눈물이 흘렀다.

만나러 갈 수 있을 리도 없다.

그건 얼마나 잔혹한 사실일까.

타임캡슐을 묻은 날, 강변 벤치에 앉아 이야기했던 초중학교에서 유행했던 것에 관한 화제도 그때는 장소 차이로 인한 것이려나 싶었는데 몇 년의 차이가 있는 것처럼 느껴졌다.

내 지나친 생각인 걸까. 사춘기의 뇌가 만들어 낸 환상인 걸까. 그렇다고 해도 그 가설은 모든 의문을 차갑게 설명해 준다.

나는 머지않은 미래에, 죽고 만다.

호즈미 군이 사는 세상에는, 나는 없다.

훨씬 어렸을 적부터 내 안에 있는 그가 어째서 쭉 쓸쓸해 보였는지, 그 이유를 알게 된 느낌이 들어서 또다시 눈물이 흘렀다.

이곳에 있다간 다른 학생이 올 것이다. 지금의 얼굴을 보이고 싶지 않다. 나는 눈물을 흘리며 우산을 쓰고 날이 저물기 시작하는 바깥으로 나갔다. 가느다란 물방울이 후드득후드득 소리를 내며 우산을 울렸다.

너를 만나고 싶어. 언젠가, 만나고 싶어. 줄곧 그렇게 생각하고 있었다. 그리고 언젠가, 기다리고 있으면 그건 이루어질 거라고 생각하고 있었다.

"흑, 흐윽……."

하지만 그건 무리였다.

나는 좋아하는 사람을 만나러 갈 수 없다. 나는 죽고 만다.

"아아아……."

눈물이 잇따라 넘쳐흘렀다.

계속 좋아했는데. 줄곧 만나고 싶었는데.

너무해, 호즈미 군. 이뤄지지 않을 사랑이라면 어째서 널 좋아하게 만든 거야. 어째서 기대를 품게 하는 거야. 어째서 나를——

사람은 언젠가 죽는다는 건 말하지 않아도 알고 있다. 하지만 그건 안개가 낄 정도로 먼 미래의 일이고, 지금은 생각하지 않아도 되는 일이라고 여기고 있었다. 소중한 사람과 만나고, 결혼해서 아이를 낳고, 함께 나이를 먹고 가족한테 둘러싸여 마음 편안하게 눈을 감을 수 있다면 좋겠다고 어렴풋하게 상상하는 정도였다. 그전까지 하고 싶은 일이나 멋진 일을 가능한 즐기고 싶다고 생각하고 있었다. 하지만 나한테는 그건 불가능하다.

나는 이미 체면도 신경 쓰지 않고 얼굴을 찡그린 채 울면서 다리를 질질 끌다시피 하며 걷고 있었다.

"잠깐 기다려!"

갑자기 힘센 손이 내 오른팔을 붙잡아 나는 울면서 그쪽을 돌아봤다. 거기에는 언제였던가 나한테 빌려준 감색 우산을 쓴 호시노 선생님이 있었다.

"스즈시로 양, 무슨 일이야. 그렇게 울고서."

"흑, 흐으윽, 호시노, 선생님……."

"일단 이쪽으로 와. 이렇게 우는 여자애를 걸어서 돌아가게 할 수는 없어."

선생님이 부드럽게 내 팔을 당겼고 나는 그에 이끌리며 주차장까지 걸었다. 몇 번인가 탔던 선생님의 자동차 조수석 문이 열렸고 선생님이 재촉하는 대로 나는 거기에 올라탔다. 곧바로 선생님도 운전석에 앉아 엔진에 시동을 걸었다. 에어컨이 작동하여 습한 공기를 빨아들였다.

"……무슨 일, 있었어?"

선생님의 물음에 나는 대답하지 못했다. 선생님은 한숨을 쉬고 천천히 액셀을 밟았다.

"일단 집까지 바래다줄게."

나는 감사 인사 대신 머리를 꾸벅 숙였다.

자동차는 부드럽게 밤비를 가르며 달렸다. 선생님은 조용했고 자동차 안에는 내가 내는 울음소리와 코를 훌쩍이는 소리만이 들렸다. 멈추려고 하면 할수록 감정의 격류는 기세를 더하는 느낌이 들었다.

집에 가까워지면서 유리창을 두드리는 빗소리가 약해졌고, 차츰 사라져 갔다. "비, 그쳤네."라고 선생님이 말했다. 나는 아무 대답도 할 수 없었다.

이윽고 자동차는 우리 집 앞까지 도착했다. 선생님은 몸을 약간 내밀어 불이 켜지지 않은 집을 바라봤다.

"집에 아무도 없어?"

"……부모님 두 분 다 일하고 계셔서요."

"흐음, 오시는 건 몇 시 정도인데?"

나는 자동차의 디지털 시계를 봤다. 우느라 지쳐서 안개가 낀 것처럼 흐릿했던 내 머리로는 선생님이 한 그 질문의 의도를 간파할 수 없었다.

"엄마가 한 시간 정도 후에, 이려나요."

"그렇군."

그 말만 하고 선생님은 다시 액셀을 밟았다. 자동차가 순종적으로 천천히 전진했다.

"어, 저기, 집 앞에서 내려주시면 되는데요……."

"잠깐 기분전환 삼아서 산책이라도 하자. 모처럼 비도 그쳤고 말이야. 그런 상태인 너를 혼자서 어두운 집에 돌려보낼 수는 없어."

선생님은 그렇게 말하고는 조금 달려서 간 공터에 차를 세우고 엔진 시동을 껐다. 조금 전까지 살아서 호흡하던 생물이 갑자기 숨을 거두고 차가워진 것처럼 차 안이 조용해졌다.

안전벨트를 풀고 바깥으로 나간 선생님 뒤를 따라 나도 어쩔 수 없이 마찬가지로 밖에 나갔다. 비가 그친 뒤의 저녁은 습한 바람의 냄새가 났다.

"자, 조금 걸으시지요, 아가씨. 서두르다가 유리구두를 떨어뜨리지 않도록 조심해."

선생님의 농담도 지금은 웃을 수 없다. 나는 집을 향해 터벅터벅 걸으며 가까운 미래에 찾아온다는 듯한 내 생명의 끝만을 바라보고 있었다.

사인은 뭘까. 병일까. 사고일까. 그건 역시 괴로울까. 아플까. 무서울까. 외로울까.

그 어두운 두려움 속에서 호즈미 군의 존재가 머릿속에 떠올랐다. 미래에는 과거 사람의 의식에 뛰어들 수 있는 그런 신기한 기술이 존재하는 걸까. ……아니, 그런 굉장한 일이

당연하다는 듯이 가능해진다면 세상은 더욱 엉망진창이 되어 혼란에 빠져 있을 것이다. 그렇다고 한다면 호즈미 군은 대체——

"그래서 무슨 일이 있었어?"

옆을 걷는 호시노 선생님의 목소리에 나는 정신이 덜컥 들었다. 날 신경 써주고 있는 선생님한테 계속 이런 태도는 실례가 될지도 모른다. 하지만 뭐라고 말하면 좋을지 알 수가 없다.

"또 뭔가 괴롭힘을 당했어? 만약 그렇다면 내가 교장 선생님과 직접 이야기를 해 보든지 해서 어떻게든 할 테니까 말해 줘."

나는 고개를 저었다. 그 일은 이미 해결됐다. 지금의 나를 괴롭히는 것은 누군가에게 이야기해서 개선될 만한 일도 아닌 느낌이 든다.

우리가 걷는 길은 사람의 왕래가 일절 없었고, 민가의 불빛과 전봇대에 설치된 가로등만이 띄엄띄엄 밤길을 비추고 있었다.

"……선생님은."

"응?"

"자기가 그리 머지않은 미래에 죽는다는 걸 알게 되면 어떻게 하실 건가요?"

호시노 선생님은 조금 생각하는 것처럼 중간에 호흡을 한 번 했다.

"재미있는 질문이네. 너는 미래가 보여?"

"아뇨, 그런 건 아니지만요."

"글쎄, 나라면 자기 목숨의 기한을 알 수 있었던 걸 기뻐하겠지. 언제 끝날지 알 수 없는 막연한 인생을 계속 걸어가는 건 사막으로 추방되는 벌 같은 거니까 말이야. 그리고 후회가 남지 않도록 남겨진 시간을 최대한 유효하게 활용할 거라고 생각해. ……물론 실제로 그렇게 되어 보지 않는 이상 이렇게 긍정적으로 생각할지 어떨지는 알 수 없지만 말이지."

강한 사람이라고 나는 생각했다. 그게 아니면 어른이라는 건 다들 그런 걸까.

"저기 정말로 무슨 일이 있었던 거야? 나로는 힘이 될 수 없을까. ――내가."

또각또각하고 선생님이 걷는 구두 소리가 난다.

"내가 널 소중하게 생각하고 있는 건 정말이야."

심장을 부드럽게 움켜잡힌 듯한 그런 기분이 들었다. 또 눈물이 흘러넘칠 것만 같았다.

나는 아무런 대답도 하지 못한 채 어두운 집 앞까지 도착했다. 나는 선생님에게 머리를 숙였다.

"그럼, 이만. 바래다주셔서 감사합니다."

"기다려."

날 불러 세우는 선생님의 목소리에 현관으로 향하려 했던 다리를 멈췄다.

"아직 아무것도 해결되지 않았어. 지금의 널 혼자 두고 싶지 않아. 아직 어머님이 돌아오실 때까지 시간 있는 거지?"

"하지만……."

어둠 속에서 선생님이 쓸쓸한 듯이 눈을 가늘게 뜨는 것이 보였다.

"나 말이야, 옛날에 소중한 사람을 다른 사람의 악의에서 지키지 못한 채 잃은 트라우마가 있어."

"네……?"

"그러니까 이건 내 이기심이기도 하지만 지금 상처 입은 것처럼 보이는 너를 내버려 두고 싶지 않아. 하다못해 조금 더 같이 있게 해주지 않겠어?"

울 것만 같은 선생님의 표정에 견딜 수가 없어져 나는 고개를 숙이는 것처럼 작게 끄덕이고는 잠긴 현관을 열어 집에 들어갔다. 선생님은 내 뒤를 따라 안에 들어와 구두를 벗었다. 솔직히 아무도 없는 집에 지금 같은 심경으로 혼자서 있다간 어떻게 될지 몰랐다. 그래서 누군가가 가까이에 있다는 것만으로도 조금 안심하고 마는 나 자신도 있다.

거실에 가서 벽에 있는 스위치를 눌러 형광등을 켰다. 빛이 반짝이고 방을 비췄다. 어질러져 있지 않아서 다행이다.

내 뒤에서 방에 들어온 선생님은 다다미에 가방을 놓고 약 5평 정도 넓이의 일본식 거실을 바라보며 말했다.

"호오, 일본식 거실이구나. 다다미 좋지. 진정이 돼."

"그럼 차를 내어 올게요."

부엌으로 가려 한 내 손목을 선생님이 붙잡았다. 생각했던 것보다도 강한 그 힘에 마음 한구석이 섬뜩하게 차가워진 느낌이 들었다.

"됐다니까, 그런 건. 나한테 마음 써주지 않아도 돼. 그것보다도 말이야."

"꺄앗."

선생님은 붙잡은 내 손목을 확 잡아당겼고 균형이 무너진 나는 선생님의 몸에 기대는 모양새가 되었다. 곧바로 내 허리에 선생님의 손이 감겼다.

"한 번 더 생각해 봐. 내 것이 되도록 해. 그렇게 하면 너한테 그런 슬픔은 안 겪게 할 테니까."

내 '것'—— 이 사람이 보고 있는 건 분명 내가 아니다. 선생님이 지금도 보고 있는 건 그의 텅 빈 구멍에 드리운 고독의 그림자다. 인제 와서 늦은 이야기지만 이 사람을 집에 들이고 만 것에 대한 위기감이 내 안에서 술렁술렁하며 퍼져 갔다.

붙잡히지 않은 쪽 손으로 선생님의 가슴을 밀면서 몸을 떼어 내려 했다.

"그러니까 그건 무리예요."

"어째서?"

"좋아하는 사람이 있다고 말했었잖아요."

"그 마음은 잘 되어 가고 있어?"

대답할 수 없었다. 또 내 눈에서 물방울이 흘렀다.

"그것 봐, 괴로운 거잖아? 그렇다면 마음을 새로이 먹어야지."

호즈미 군——

저녁노을이 지는 관람차에서 나눴던 약속이 기억에 되살아났다.

만나자고 그는 말했다.

거짓말쟁이. 그렇다고 하더라도.

"그래도!"

눈물은 뚝뚝 흘러넘쳤다. 나는 일그러진 표정을 짓고 떨리는 목소리로 외치는 것처럼 대답했다.

"그래도, 좋아해요. 어쩔 도리도 없이 좋아한다고요."

선생님은 호흡을 한 번 하고 나서 속삭이는 것처럼 말했다.

"나도 널 좋아해."

그것이 진심인지는 알 수 없지만 내 머릿속에는 오카베의 울 것 같은 얼굴이 떠올랐다.

"……선생님을 좋아하는 사람은 잔뜩 있어요. 그런 사람한테 말해 주세요."

"쉽게 손에 들어오는 것 따위 갖고 싶다고 생각하지 않아."

선생님이 혼잣말처럼 내뱉은 그 말에 나는 오싹해졌다. 붙잡힌 손목이 아팠다.

"……죄송해요. 저는 어떻게 해도 선생님의 것은 되지 않아요."

선생님은 천천히 숨을 들이쉬고, 다시 천천히 내쉬었다. 내 손목이 풀려났다.

"알았어. 포기할게. 미안해."

선생님은 가벼운 어조로 그렇게 말했고 고개를 들어 올려다보자 선생님은 평소와 같은 미소를 띠고 있었다. 나는 몸의 힘이 빠져 그 자리에 주저앉고 말았다. 심장이 소리를 내며 뛰고 있다는 걸 그제야 겨우 눈치챘다.

"그러면 말이야. 포기하는 대신에라는 것도 뭣하지만 너한테 조금 부탁하고 싶은 게 있어. 괜찮을까."

선생님은 조금 전까지 나와 주고받은 대화가 마치 아무것도 아니었던 듯한 어조로 말했고 다다미에 놓아뒀던 자기 가방에 다가가 안에서 무언가를 꺼냈다. 그건 여성용 갈색 장갑으로 보였다.

"실은 아는 여성의 생일이 가까워서 선물로 주려고 생각해서 장갑을 준비했는데 나는 남자니까 착용감을 알 수가 없어서 말이지. 이걸로 괜찮을지 걱정이었거든. 너라면 손 크기도 비슷한 정도로 보이니까 잠깐만 착용해 봐줬으면 해."

이제 곧 여름이 오는 시기에 장갑 선물이라는 건 조금 이상했고 다른 여자한테 줄 선물을 나한테 시험해 보는 것도 좀 그렇지 않나 하는 생각이 들었다. 하지만 마음을 거절해 버린 상황인 이상, 강하게 거절하는 것도 미안하게 느껴져 나는 다다미에 앉은 채 그가 내민 고급스러워 보이는 장갑을 받아들었다.

손을 넣자 부드러운 안감 기모가 포근하게 손을 감쌌고 따뜻하게 딱 맞았다. 양손을 넣어 가볍게 손가락을 굽혀 봐도 매끄러운 가죽은 저항도 적었고 유연성이 높아 좋은 장갑이라고 느꼈다.

"네, 나쁘지 않다고 생각하는데요……."

"그렇구나. 다행이야."

선생님은 미소 지으며 그렇게 말하고는 다시 가방에서 무언가를 꺼내고 있었다. 어째서 그런 물건을 가지고 다니고 있으며 그걸 지금 왜 꺼내는 걸까 하는 생각이 들었다.

내 눈에는 그것이 멀티탭 전선 코드로 보였다.

▶▶

어두컴컴한 옥상의 달빛 아래, 나는 침을 삼켰다. 내 의도는 성공한 것일까. 그게 아니면 내가 함정에 유인당한 것일까.

"……선생님이, 아이카 양의 목을 조른 겁니까?"

"그걸 증명할 방법은 이젠 없고 또한 부정하기 위한 증거도 없어."

선생님은 미소 짓는 걸 그만두고 내게 한 걸음 가까이 다가왔다. 그에게서 거리를 두는 것처럼 나는 한 걸음 뒤로 물러났다.

"즉, 사실은 이미 안개처럼 흩어져서 이 세상에서 사라진 거지. 그 심장의 원래 주인이 지닌 기억에 물어보면 될 거다. 널 죽인 건 이 호시노라는 남자인지."

한 걸음. 한 걸음.

그는 내게 다가왔고 나는 뒤로 물러났다. 이건 더는…….

"제가 이미 진실을 알고 있다고 한다면 어떻게 할 겁니까."

"그게 진실이라고 누가 인정할까. 망상병 있는 불쌍한 소년의 망상이라고 받아들여지는 게 끝이겠지."

툭 하고 내 뺨에 차가운 물방울이 닿았다. 다시 비가 내리기 시작한 모양이다. 추위가 아니라 두려움과 분노로 인해 꽉 쥐고 있던 주먹이 떨렸다.

"마음대로 되지 않는 법이지, 호즈미 군."

선생님은 갑자기 친근하게 들리는 목소리로 말했다. 그는 연극이라도 하고 있는 것만 같은 과장된 몸짓으로 뒷말을 이었다.

"갖고 싶은 것일수록 손에 들어오지 않아. 잃어버린 건 돌아오지 않아. 전부 이 손의 틈새로 빠져나가. 정말로 인생이란 건 마음대로 되지 않는 법이야."

"무슨 말을 하고 싶은 겁니까?"

"누구한테도 말한 적 없는데 말이야. 들어 줘, 호즈미 군. 나한테는 여동생이 있었어. 밝고 상냥해서 봄날의 양지 같은 여동생이었지."

과거형이다. 나는 그것이 의미하는 바를 상상했다.

"내가 아직 꼬맹이였을 때, 어머니가 병으로 돌아가시고 말았으니까 말이야. 같이 남겨진 여동생은 내게는 무척, 무척 소중한 가족이었어. 유일한 삶의 보람이었다고 해도 좋겠네. 그런데 말이지."

그는 거기서 고개를 숙였다. 표정이 보이지 않게 되었다.

"변해 버린 아버지가 여동생한테 폭력을 휘두르게 되었어. 그건 정말이지, 입에 담기도 끔찍한 그런 행위를 말이야. 매일 밤, 매일 밤, 반복하는 거야. 나도 꼬맹이라 학대받고 있었으니까 반항이라든가 신고라든가, 그런 선택지 따위는 보이지 않았어. 그저 견딜 뿐인 나날이었지. 그리고 어느 날, 내가 학교에서 돌아왔을 때, 여동생이, 자기 방에서, 목을——"

시간이 멈춘 것만 같이 선생님은 몇 초 동안 정지해 있었다. 말로 할 수 없는 그 뒤의 내용을 나는 상상했다. 영혼이 뒤틀릴 정도일 그 고통을 상상했다. 아이카한테서 이어받은 왼쪽 가슴이 아파졌다. 하지만 그렇다고 해서 무언가가 용서된다는 건 아니리라.

선생님은 고개를 들었다. 지금의 나한테는 거기에 붙여 둔 미소의 가면은 이미 한참 전에 너덜너덜해진 것처럼 보였다.

"나는── 나는 말이야, 쭉 생각하고 있었어. 소중한 것은, 지켜야만 하는 것은 내 품 안에 두고 누구한테서도 상처받지 않도록 숨겨 둬야만 한다고."

목소리가 희미하게 떨리고 있다. 이 사람이 끌어안고 있는 어둠이, 일그러진 부분이 그 떨림에서부터 얼굴을 내비치고 있는 듯한 느낌이 들었다.

선생님은 괴로운 듯이 오른손으로 왼쪽 가슴을 누르며 계속해서 말했다.

"하지만 지키고 싶은 것이! 내 품 안에 있으려고 하지 않는다면! 누군가 다른 사람의 것이 되어 버린다면!"

그 손을 힘없이 떨구고는 두 손바닥을 내려다보는 눈동자의 색깔은 그림자가 져서 보이지 않는다.

"차라리 이 손으로, 부숴 버리면── 하고……."

"그런 짓이──"

"너는, 이런 이야기는 알고 있으려나."

"……뭡니까."

"이 나라에서 자살하는 사람의 수는 매년 약 2만 명을 넘어. 그중 학생의 수는 약 1천 명이야. 매년 천 명이나 되는 젊은이가 세상이나 미래, 인간관계에 절망하고, 지쳐서 그 목숨을 버리고 있어. 매년, 매년, 매년 말이지. 교사라는 일을 하고 있으면 그런 애랑 연관을 가지게 되는 경우도 적지 않아.”

조금씩 다가오는 선생님한테 맞춰서 후퇴하던 내 발뒤꿈치가 단단한 것에 부딪혔다. 뒤쪽을 힐끔 보니 밤의 어둠을 한가득 끌어안은 운동장이 밑에서 커다란 입을 벌리고 있었다. 추락 방지 펜스가 없으니까 학생은 자유롭게 옥상에 나가지 못하고 열쇠를 빌리는 방식이구나. 이런 부질없는 생각이 머릿속에 떠올랐다.

“그런 애들을 구하고 싶다고 생각했던 시기도 있었어. 그렇게 함으로써 스스로를 구할 수 있을지도 모른다는 본심도 있었지만 말이지. 하지만 내가 할 수 있는 일 따위 아무것도 없었어. 절망은 병이야. 나는 교사이지 의사가 아니야. 그런 데다 평범한 교사도 아니고 마음의 병을 앓고 있는 교사야. 나는 그들을 구하지 못해. 그건 다시 말해서 나는 나를 구할 수 없다는 거지.”

나는 다시 앞을 보고 호시노 선생님을 노려봤다. 아무런 대책도 없이 그를 따라온 몇 분 전의 자신을 원망하며.

“목숨을 내던져 왔던 지금까지의 그들, 그녀들과는 다르게 일견 공허해 보이는 너의 그 눈동자 안에서는 생명에 대한 책무 같은 반짝임이 느껴져. 너한테는 살아가야만 하는 이유가 있는 거겠지. 하지만── 미안하다, 호즈미 군.”

나는 작게 다리를 굽히고, 뛰쳐나갈 준비를 했다. 과거의 아이카를 구하기 위해서도 지금 여기서 내가 살해당할 수는 없는 노릇이다. 그건 그녀가 두 번이나 살해당한다는 말이기 때문이다. 선생님이 서 있는 정면을 우회해서 어떻게든 옥상을 빠져나가 과거로 날아가 아이카한테 전해야만 한다. 너를 죽인 이 녀석한테 결코 가까이 다가가서는 안 된다고.

"너는 아무것도 잘못하지 않았어. 하지만 너의 존재는 내게는 위험이야. 미안하지만 리스크는 배제해 두마."

그 말을 신호로, 나는 오른쪽 다리에 대고 있던 단차(段差)를 박차고 선생님의 오른쪽을 향해 달려나갔다. 동시에 선생님도 지면을 박찬 것이 보였다. 날 향해 뻗은 선생님의 팔을 뿌리쳤지만, 곧바로 반대쪽 손으로 셔츠 가슴 부분을 붙잡혔고 확 끌어당겨진 내 몸은 콘크리트 바닥 위에 넘어졌다.

"커헉!"

등을 강하게 부딪쳐 호흡이 한순간 멈췄다. 선생님은 위를 보고 누워 있는 내 팔과 가슴을 누르는 것처럼 위에 올라타 체중을 실은 양손 엄지로 내 목을 짓눌렀다. 숨을 쉴 수가 없다.

"그녀에 관해 이야기하고 싶다는 너를 인기척이 없는 여기로 데리고 나온 건 정답이었어. 너는 이제부터 그녀를 잃은 세상에서 희망이 보이지 않는 미래에 지쳐서 옥상에서 뛰어내리는 거다."

몸에 힘이 들어가지 않는다. 눈앞에 죽음의 낌새가 아른거린다. 생명이란 이렇게나 간단히 부서지고 마는 것인가.

"커…… 억……."

안구나 두개골 주변에 피가 모이는 듯한 감각이 느껴지고 시야가 파직파직하며 튀고 흔들린다.

저녁노을이 지는 관람차에서 나눴던 약속이 머릿속에 되살아났다.

만나자고 나는 말했다. 그녀는 눈물을 흘리며 고개를 끄덕였다.

아이카. 아이카.

눈에 들어오는 광경이 검게 덧칠되어 간다.

차츰, 의식이, 멀어져, 가서——

——나는 아이카의 집 거실에서 눈을 떴다.

다다미에 주저앉은 그녀는 어째서인지 장갑을 끼고 있었고 눈앞에 호시노 선생님이 서 있었다. 손에는 멀티탭 코드를 들고 있다. 나는 튕겨 오르는 것처럼 소리쳤다. 감정이 그녀의 입술을 움직였다.

"아이카, 도망쳐! 이 사람이 너를 죽였어!"

그녀의 폐가 급속히 공기를 들이쉬고 그녀의 다리가 다다미를 박찼다.

거실 장지문을 향해 뻗은 그녀의 팔을 호시노 선생님이 붙잡았다. 곧바로 강한 힘으로 팔이 땅겨져 그녀의 몸은 다다미 위에 넘어졌다.

"아윽!"

호시노 선생님이 그녀의 배 위에 올라타 손에 든 코드를 목에 휘감으려 했다. 필사적으로 저항했지만 여성의 가느다란 팔로는 도저히 막을 수 없다.

"어째서, 이런 짓을, 하는 건가요!"

"나 말이야, 갖고 싶다고 생각한 건 손에 넣어야 직성이 풀리거든. 하지만 너는 내 것으로는 되지 않아. 갖고 싶어도 손에 들어오지 않는 것이 손 닿는 거리에서 계속 반짝거리면서 빛나는 건 고통에 지나지 않는단 말이다!"

"그렇다고 해서 죽여도 될 이유는!"

"너는 내면을 받아들이라고 말했었지. 지금까지 쭉 억눌러 왔어. 억눌러 왔다는 사실도 깨닫지 못하고 있었지. 네가 깨닫게 해준 거야. 이게 나의 내면, 진짜 나다! 공허한 속을 너로 가득 채우고 싶어서 견딜 수가 없어!"

선생님은 망가진 미소를 띠며 저항하는 아이카의 팔을 밀어젖히고 목에 코드를 갖다 댔다.

◀◀

목이 차가운 감촉에 짓눌려 간다. 호흡이 점점 괴로워진다.

호즈미 군이 말했던 건 이거였나. 나는 이제부터 살해당하는 건가. 이 사람 때문에 호즈미 군을 만날 수 없는 건가. 분한 마음에 눈물이 맺혔다.

"아이카, 포기하지 마! 살아 줘!"

내 입이 그렇게 외쳤다. 그는 내가 죽은 미래에서 내가 살기를 바라고 있다. 왼쪽 가슴의 심장이 두근두근하며 뜨겁게 맥박쳤다.

"잘 들어, 호시노 소이치! 나는 호즈미 이쿠토. 3년 후의 미래에서 이 몸에 접속하고 있다!"

선생님은 미소 짓는 것을 멈추고 의아한 표정을 지었다.

"갑자기 무슨 말을 하는 거지."

"믿지 않아도 상관없어. 다만 당신이 이 여성에게 한 짓의 자초지종을 나는 보고 있어. 이 사람을 죽여도 내 정신은 3년 후로 돌아가 거기서 당신을 고발할 준비가 되어 있어!"

"하하핫! 깜찍한 협박이네."

"호시노 소이치. 취미는 드라이브와 당구. 고향 지방의 공립 고등학교를 졸업한 뒤 도쿄에 있는 사립대학에 진학해서 교원 면허를 취득. 어릴 적에 어머니를 병으로 잃었으며, 변모한 아버지의 폭력 끝에 소중히 여기던 여동생도 잃었다."

호즈미 군이 하는 말을 들으면서 선생님의 얼굴이 새파래져 가는 것을 알 수 있었다. 목에 가해지는 압력이 약해졌다.

여동생—— 처음 선생님이 자동차로 바래다주었을 때, 여동생에 관해 물어본 나한테 선생님이 대답했던 말이 불현듯 기억났다.

「건방지기만 할 뿐이야. 그래도 어른이 되어서 떨어져 보니 역시 소중한 가족이라고 깨닫게 되지만 말이지.」

그건 거짓말이었구나. 연기였던 거구나. 그때, 어떤 심정으로 이 말을 한 것일까. 선생님의 내면에 뚫린 구멍은 얼마나 깊고 어두운 걸까.

선생님 손에 죽어 가고 있는데도 나를 죽이려 하는 이 사람이 끌어안고 있는 외로움에 왼쪽 가슴이 뜨겁게 옥죄이는 것처럼 아파오기 시작했다. 호즈미 군은 아랑곳하지 않고 내 입을 움직였다.

"어떻습니까, 전부 아이카한테 이야기한 적 없는 내용 아닙니까? 그런데도 당신은 이 사람을 죽이고 미래에 살인범으로 구속되는 때를 겁내며 지내는 나날을 선택할 겁니까?"

"너는…… 대체, 뭐지."

선생님이 날 누르고 있던 상체를 일으켰고 내 몸이 조금 자유를 되찾았다. 가슴에 엉겨 붙어 있던 공포를 벗어던지고 나는 혼신의 힘으로——

"에잇!"

무릎을 쳐올렸다. 그건 선생님의 다리 사이를 세게 쳤고 흐늘흐늘한 이상한 감촉이 무릎에 전해졌다.

"크윽!"

선생님은 인상을 찌푸렸고 휘청휘청하며 균형이 무너져 바닥에 손을 짚었다. 그 틈에 나는 몸을 움직여 선생님 밑에서 빠져나왔다.

“젠장……!”

선생님은 기다시피 하며 움직여 가방을 손에 들고 일어서더니 도망칠 생각인지 거실 출구를 향해 걸어갔고 숨을 헐떡이며 문에 손을 댔다.

“——선생님.”

호즈미 군의 목소리가 아니라 내 의사로 선생님을 불러 세웠다. 호시노 선생님은 빨갛게 충혈된 눈으로 날 봤다.

“지독한 짓을 당했지만 결과적으로 선생님은 절 죽이지 않았어요. 그러니까 저는 경찰에는 신고하지 않을 거예요.”

“뭐?! 아이카, 이건 어엿한 살인미수야!”

놀란 호즈미 군의 목소리에 나는 고개를 저었다.

“조금 전에 그가 한 이야기로 저도 선생님의 과거를 알아버렸어요. 이전에 차 안에서 말해 주었던 선생님의 내면에 있는 외로움의 이유를 조금 알게 된 듯한 느낌이 들었어요. 아마 저 같은 게 동정하는 것도 주제넘은 일일 정도로 분명 무척이나 괴로운 기분을 겪으셨던 거죠.”

선생님은 시선을 떨구며 고개를 숙였다.

“확실히 저는 내면을 받아들이라고 무책임하게 말했어요. 하지만 그건 자기 욕망이라든가 일그러진 면에 솔직해지라는 게 아니라 그런 자신의 일그러진 면도 인식해서 행복해지도록 마음을 열어 가라는 말이었어요.”

나는 심호흡을 한 번 하고 뒷말을 이었다.

"저는 조금 전에 목이 졸리면서 솔직하게 생각했어요. 선생님도 행복해졌으면 좋겠다고요. 그건 동정이라든가 불쌍히 여기는 게 아니라 괴로운 일을 겪었던 사람은 그만큼 행복해져야만 한다고 생각하기 때문이에요. 선생님한테는 그럴 권리가 있고, 의무이기도 하다고 생각해요. ……선생님의 외면만이 아니라 내면도 보고 좋아해 줄 사람도 분명 있어요. 하지만 그건 선생님이 스스로 내면을 열어나가지 않으면 실현되지 않아요."

선생님은 얼굴을 장지문 쪽으로 향하고 있다. 내 말은 선생님에게 닿고 있을까.

선생님은 날 소중하게 생각하는 건 진짜라고 말해 주었다. 그 진위는 알 수 없지만 외로워하는 이 사람이 행복해졌으면 좋겠다고 생각하는 내 마음도 진짜다.

"……불러 세워서 죄송해요. 가 주세요, 선생님. 그리고 행복해질 수 있도록 노력해 주세요."

내가 그렇게 말하자 호시노 선생님은 옆모습만을 이쪽에 보였다. 그 뺨을 타고 한줄기 눈물이 흐르고 있었다. 사람은 다들 혼자고 어딘가 외롭다. 하지만 서로 마음을 통하고자 다가서는 것은 가능할 터다.

선생님은 망설이는 것처럼 입을 움직인 뒤에 말했다.

"변명도 되지 않겠지만……. 네가 여동생과 닮았다고 생각했어. 미안하다. 그리고, 고마워."

선생님은 문을 열고 거실에서 나갔다. 약간의 발소리가 나고 현관문이 조용히 열리고 다시 닫히는 소리가 들렸다.

거기까지 지나고 나는 그제야 겨우 긴장에서 풀려난 것처럼 온몸의 힘을 빼고 바닥에 주저앉았다.

"하아아아아~"

성대한 한숨이 힘없는 목소리와 함께 새어 나왔다. 문득 깨닫고 양손의 장갑을 벗었다. 그러고 보니 이 장갑은 결국 뭐였던 걸까. 내가 저항하는 걸 막기 위해서? 범행 증거를 남기지 않기 위해서? 지금에 와서는 진상은 알 수 없다.

'아이카, 괜찮아? 무사해서 다행이야…….'

"응. 고마워, 호즈미 군. 정말로 이젠 틀렸나 싶었어."

'나도 엄청 초조했어…….'

"하지만 살아 달라고 소리쳐 준 거 무척 기뻤고 멋있었어."

'엇, 아니, 그런 건──'

당황하는 그에게 연동되어 내 몸이 뜨거워지는 것을 느꼈다. 분명 칭찬받는 것에 익숙지 않은 것이리라. "후훗."하고 웃음소리가 새어 나온다. 마음이 따뜻함으로 가득 채워져 간다.

역시 난 이 사람을.

"좋아해."

'어?'

목소리가 나와 버렸다.

"아, 잠깐, 지금 거 취소야! 만났을 때 제대로 말하려고 생각 중이니까. 기다리고 있어 줘!"

'으, 응, 알았어.'

이번에는 내 창피함으로 인해 얼굴이 뜨거워져 갔다. 분명 전해지고 말았다. 하지만 이미 서로 마음을 확신하고 있는 듯한, 그런 간지럽고 행복한 분위기에 가슴이 괴로울 정도로 기분 좋게 고동친다.

하지만 그런 가운데 이상한 아픔도 희미하게 느끼고 있다. 이건, 너의——

'정말로 선생님을 그냥 보내 줘도 괜찮았어? 또 덮쳐 오거나 하는 일은 없으려나.'

호즈미 군이 걱정해 주었다. 조금 기뻐졌다.

"아마, 이젠 괜찮지 않을까. 게다가 만약 내가 또 위기에 빠지면 네가 지켜줄 거잖아?"

뒤쪽 말은 조금 농담조로 말했더니 왼쪽 가슴이 욱신거리며 아팠다.

'그건…….'

대답을 주저하는 그의 반응에 내 가슴도 욱신욱신하며 아프기 시작했다. 나는 쭈뼛쭈뼛 말했다.

"조금 전에 3년 후의 미래라고, 말했었지."

'……응.'

내가 낸 목소리에 내 머릿속에서 그가 대답한다. 그 신기한 체험에도 이젠 익숙해졌다.

"날 구하기 위해서 내 안에 들어와 주고 있었던 거야?"

'……처음에는 그렇지 않았는데, 아이카와 이야기할 수 있게 되고 나서부터 그게 목적이 되었어.'

"나는, 산 거지? 죽지 않은 거지?"

욱신.

'응, 맞아. 다행이야. 정말로 다행이야.'

욱신, 욱신.

"그러면!"

감정을 억누를 수 없어서 큰 목소리가 나오고 눈물도 넘쳐흘렀다. 계속해서 아픈 왼쪽 가슴을 오른손으로 누르며 나는 목소리를 쥐어짜 냈다.

"그러면 어째서 이렇게나 가슴이 아픈 거야?! 이건 호즈미 군이 느끼는 아픔이지? 난 산 거지? 미래에서 널 만날 수 있는 거지?"

내 왼손이 움직여 눈가의 눈물을 닦았다.

'울지 마, 아이카…….'

나는 알고 있었다. 그렇게 말하면서도 내 몸으로 눈물을 흘리고 있는 건 나뿐만이 아니라는 것을.

"저기, 호즈미 군."

'응.'

"어제 둘이서 관람차에 탔지."

'……응.'

"언젠가 만나자고 말해 줬었지."

그의 목소리는 대답하지 않았다. 대신에 내 왼쪽 가슴이 그를 대변하는 것처럼 슬프게 삐걱거린다.

"그건 거짓말이었어?"

'거짓말이 아니야.'

떨리는 것처럼 조용한 목소리.

"그럼, 어째서……. 내가 싫어졌어?"

'아냐!'

강한 부정에 가슴이 뜨거워진다. 하지만 그렇다면 그가 느끼는 아픔의 이유는 분명 훨씬 더 뿌리 깊고 슬픈 것.

호즈미 군은 몇 초의 침묵 뒤 목소리를 냈다.

'중요한 걸 계속 말하지 않고 있어서 미안해. 하지만 이젠 분명하게 말해야겠지……. 실은 이쪽의 미래의 나는,'

그는 내 입술로 아직 망설임이 남은 것처럼 한 번 숨을 들이쉰 뒤 다정한 목소리로 말했다.

'죽은 너의 심장을 이식받아서 살고 있는 거야.'

온몸에 벼락을 맞은 듯한 기분이었다. 마지막 조각이 맞춰진 느낌이 들었다. 그가 지금까지 한 행동도, 아픔도, 눈물도 전부 이해됐다.

'그러니까 아마도 네가 살아있는 미래에서 내가 살아있을

가능성은 무척 낮아. 과거가 변했으니까 지금 이렇게 이야기 하고 있는 내가 어떻게 될지도 알 수 없어.'

"어째서 그런 중요한 걸 말하지 않고 있었어?!"

그는 눈물을 흘리며 작게 웃었다.

'하핫, 역시 이쪽에서도 혼났네. 아이카는 상냥하니까.'

"물론 화내지! 내가 살아나면 호즈미 군이 살 수 없다니, 이건 너무하잖아! 바보야! 뭐야, 그게!"

울지 말라는 말을 들었는데도 감정도 눈물도 잇따라 흘러 넘쳐서 멈추질 않는다.

'미안……. 그렇지만 이건 내가 바란 결말이야. 그러니까 내가 사라져도 너는 너로서 살아가는 거야.'

"그런 말을 들어도……."

'사라지기 전에 마지막으로 하고 싶은 말이 있어. 헤어질 때 말하는 건 너한테는 저주가 되어 버릴지도 몰라서, 망설였지만…… 들어줬으면 좋겠어.'

기다려. 마지막이라든가, 그런 말 하지 마.

내 목소리는 목소리가 되지 못하고 내 머릿속은 그저 그의 다정한 목소리로 가득 채워져 갈 뿐.

'아이카, 나도.'

아아——

'너를 좋아해.'

만났을 때 말하겠다고 조금 전에 내가 말했는데.

이런 건, 마치――

'줄곧 좋아했어.'

――마치, 영원한 이별의 말 같잖아.

'말했다간 내 결의가 흔들릴까 싶어서…… 지금까지는 얼버무려서 미안해.'

눈물로 이젠 앞이 보이지 않는다. 마음이 터질 것만 같아서 몸의 감각도 사라져 간다.

'다른 미래에서 그 생명으로 날 구해줘서 고마워.'

고맙다는 말을 해야만 하는 건 나인데.

'그 덕분에 이렇게 너와 이어질 수 있었어. 그리고 그 덕분에 너를 구할 수 있었어. 나는 나 자신을 자랑스럽게 생각해.'

나한테도 하고 싶은 말이 잔뜩 있다. 전하고 싶은 말이 산더미처럼 있다.

하지만 어느 것이고 어찌할 도리 없을 정도로 말로 표현할 수가 없다.

'그때 만나자고 말했던 건 진짜야. 시간을 뛰어넘어서라도 나 자신을 내팽개쳐서라도 만나고 싶다고 생각했었어. 그건 부디 믿어줬으면 해.'

나는 울면서 몇 번이나 고개를 끄덕였다. 믿을게. 안 믿을 리가 없어.

'앗, ……으, 윽.'

호즈미 군이 괴로운 듯한 목소리를 냈다.

"어? 왜 그래?"

'아마, 작별이야. 마지막으로 이야기할 시간이 생겨서 다행이야.'

"어……."

'안녕, 아이카. 정말 좋아해. 너는 쭉, 빛 속에서,'

기다려!

"행복하게 살아 줘――"

내 입술이 그의 마지막 말을 전했고 돌연히 가슴 속의 열이 꺼졌다. 그는 언제나 갑자기 사라진다.

하지만 이번에는, 더는 그가 내 안에 나타날 일은 없다는 얼어붙을 것만 같을 정도로 차가운 확신이 있었다.

"아……."

아직 아무 말도 하지 못했다.

안녕이라는 말도, 고맙다는 말도, 기다려 달라는 말도.

"아아……."

조금 전에 그와 둘이서 그만큼이나 울었는데도 내 눈은 아직 계속해서 눈물을 흘린다.

"흐, 흐윽, 아아아……."

나 같은 건 이대로 온몸의 수분을 흘려보내서 말라 버리면 된다. 하지만 그래서는, 그가 목숨을 걸고 구해 준 생명이…….

"으아아…… 아아아아…… 아아아!"

나는 여기서 살아가지 않으면 안 된다.

"아아아아아아아!"

나는 그대로 엄마가 돌아올 때까지 어린애처럼 소리 높여 계속 울었다.

▶▶

"크……!"

정신을 차리고 보니 나는 학교 옥상에 혼자서 하늘을 본 자세로 누워 있었다. 주변은 어둡고 가느다란 비가 공기를 가득 채우고 있었으며 구름에 숨은 보름달만이 희미한 빛을 내리쬐고 있다. 온몸의 통증을 참으며 몸을 굴려 무릎으로 기어가는 자세를 취했다.

그곳에는 내 목을 조르는 호시노 선생님의 모습도 그림자도 없었다. 과연, 과거를 크게 바꾸면 이렇게 되는 건가. 그는 지금 '3년 전에 아이카를 죽이지 않은 현재'를 살아가고 있는 것이리라. 그렇다고 한다면 지금 여기에 있는 나는.

"카, 학……."

왼쪽 가슴 안쪽이 뜨거운 쇠막대기로 난폭하게 찔리는 듯한 믿기지 않을 정도의 격통이 이어지고 있다. 긴장을 늦추면 당장이라도 의식이 끊어질 것만 같았다. 내 눈에 들어오는 건 회색 콘크리트뿐이지만 그것마저도 지지직하고 노이즈가 걸린 것처럼 흔들려 보인다. 끊임없는 현기증 때문에 시야에 들어오는 영상이 뒤틀린다.

"크하악……."

내 입에서 대량의 피가 나와 철퍼덕 소리를 내며 지면을 적셨다. 떨어지는 빗방울에 피로 만들어진 웅덩이의 윤곽이 번진다.

나는 이걸로 끝나는 건가. 이런 장소에서 혼자서. 무서울 정도의 고독과 공포가 엄습했다.

아이카의 죽음을 전제로 존재하는 지금의 나는 그녀가 죽지 않은 이 세상에서는 모순된다. 자신의 존재가 흔들리고 역사의 뒤틀림에 삼켜져 가는 듯한 감각은 순수한 생명의 끝보다도 어둡고 무섭다. 어둠보다도 검은 허무가 내 뒤에서 입을 크게 벌리고 있는 듯한 기분마저 든다.

하지만 그건…….

그건 즉, 아이카를 구할 수 있었다는 말이다.

"하핫…… 아하하하."

나는 웃었다.

해냈다. 해내 보였다고, 운명이여. 나는 시공을 비틀어 한 명의 소녀를 구한 것이다. 자, 내 볼일은 이제 끝났다. 원하는 만큼 이 목숨을 가져가도록 해.

"아하하…… 하하, 하……."

현기증으로 시야가 흔들리는 게 아니라 시야가 번졌다. 넘쳐흐르는 눈물이 빗물에 섞여 뺨을 타고 흐른다.

쿵쿵하고 왼쪽 가슴이 무겁고 심상치 않은 소리를 냈다.

"……알고 있었어."

우리가 만날 수 있을 리 없다는 사실은.

"당연하잖아."

살아있는 시간이 다르다. 아니 애초에 살아있는 전제가 다른 것이다.

"각오하고 있었다고, 이런 결말."

우리가 공존하는 세상 같은 건 있을 수 없다고.

"하지만……."

각오하고 있었을 터인데도.

내 목숨 따위 어떻게 되어도 좋다고 생각하고 있었는데도.

"아아……."

너무 가까워지고 말았다.

신발이 없어졌을 때 말을 걸고 만 것도.

비가 내리는 귀갓길에서 즐겁게 대화하고 만 것도.

같이 타임캡슐을 묻으러 간 것도.

쇼핑몰에서 웃으며 데이트한 것도.

불타는 듯한 석양이 지는 관람차에서 만나자는 이루어지지 않는 약속을 한 것도.

그녀의 손가락을 통해 그녀의 뺨이나 머리카락을 만진 것도.

내 앞으로 보낸 그녀의 편지를 읽고 만 것도.

줄곧 좋아했다고 바로 조금 전에 말하고 만 것도.

"으아아아!"

――너무, 좋아하게 되고 말았다.

"아아아아아아아아!"

나는 철저히 관측자로 있어야만 했던 것이다. 담담하게 그녀의 심장이 남긴 과거의 사실만을 보며 그녀와 연관되지 말고 조용히 아이카를 구해야만 했다. 그랬다면 이렇게나 괴로워질 일도 없었는데.

"아아…… 아이카……."

그 목소리가 기분 좋았다. 그 체온이 사랑스러웠다.

나를 원해 주는 그 모든 것이 기뻤다.

"아이카!"

널 만나고 싶어. 함께 지냈던 행복한 시간이, 내게 그런 생각을 하게 만든다.

"사라지고 싶지, 않아……."

외롭다. 무섭다.

공포와 고독에 떨고 있던 내 머릿속에 목소리가 울렸다.

'……호즈미 군.'

정신이 번쩍 들었다. 질척질척하게 탁해진 머릿속에 차갑고 맑은 산들바람이 부는 느낌이 들었다.

"아이카……. 이쪽의 너는 아직, 있었구나."

'응……. 아프네. 괴롭네…….'

어떻게 이럴 수가. 마지막까지 이 다정한 사람을 휘말리게 해버리다니. 나는 이 비정한 운명을 증오했다.

"미안, 괴롭게 해서……. 그리고 약속도 지키지 못할 것 같아. 미안."

내 말에 그녀는 힘없이 고개를 저었다.

'괜찮아. 마지막 정도는 같이 있자. 그리고 약속도 아마 괜찮아.'

"……뭐?"

'저쪽의 내가 널 찾아낼 테니까. 반드시. 만나러 갈 테니까. 그러니까 날 믿어줘.'

따뜻한 눈물이 내 뺨을 타고 흘렀다. 마지막까지 나는 너한테 구원받기만 할 뿐이다.

"고마워……."

몸을 지탱할 수가 없게 되어 나는 오른쪽으로 천천히 쓰러졌다. 이젠 아프다는 감각도 없었다.

왼손이 떨리면서 천천히 움직여 내 오른손을 살며시 잡았다.

'이제야 겨우, 나도 말할 수 있어. 호즈미 군, 고마워, 정말 좋아해…….'

희미하게 남은 의사로 내 오른손 손가락을 움직여서 그녀의 왼손을 꽉 마주 잡았다.

——고마워.

비가 그쳤다. 손을 잡은 채 둘이서 올려다본 밤하늘에는 붉은색이 감도는 큰 보름달이 떠 있다. '좋아하는 사람과 함께 보면 맺어지는' 스트로베리 문. 의외로 그 속신은 사실일지도 모르겠다는 생각이 들었다.

이윽고 시야는 흰색과 검은색이 뒤섞인 스노우 노이즈로 가득 채워졌다.

청각에도 빗소리 같은 노이즈밖에 없었다.

내 발끝부터 잘게 산산이 찢어지는 듯한 감각이 서서히 기어 올라온다. 아아, 사라지는 거구나. 하지만 그것도 이젠 무섭지는 않았다. 마지막에 네가, 있어 주니까.

스노우 노이즈와 잡음은 차츰 강해졌고,

그리고, 전부,

사라졌다.

■

▶ Error

⏩ Error

⏪ Error

Error

Error Error

▶ ⏪ Error ⏩

Error Error

ErrorError ErrorErrorError

ErrorError Error Error Error

Error

ErrorErrorErrorErrorErrorError

ErrorErrorErrorErrorErrorErrorErrorErrorErrorErrorErrorErrorErrorErrorErrorErrorErrorErrorError

ErrorErrorErrorErrorErrorErrorErrorErrorErrorErrorErrorErrorErrorErrorErrorErrorErrorErrorErrorErrorErrorErrorErrorErrorErrorErrorErrorErrorErrorErrorErrorErrorErrorErrorErrorErrorError

ErrorErrorErrorErrorErrorErrorErrorErrorErrorErrorEr

rorErrorErrorErrorErrorErrorErrorErrorErrorErrorErro
rErrorErrorErrorErrorErrorErrorErrorErrorErrorErrorE
rrorErrorErrorErrorErrorErrorError

ErrorErrorErrorErrorErrorErrorErrorErrorErrorErrorEr
rorErrorErrorErrorErrorErrorErrorErrorErrorErrorErro
rErrorErrorErrorErrorErrorErrorErrorErrorErrorErrorE
rrorErrorErrorErrorErrorErrorError

제4장

만나는 날, 꽃이 피는

줄곧 어둠 속에 있었다.

여기서 나갈 일은 이제 없으리라고 생각하고 있었다.

이대로 사라져서 죽어 가리라고 생각하고 있었다.

5년 생존율이 약 7할, 10년 생존율이 약 4할, 소아의 경우는 한층 더 심각하다는 정보는 아직 몸이 움직일 때 조사해서 알게 됐다. 내가 이 병과 함께 하고 나서 벌써 4년이 지났을까. 형편 좋게 기증자가 나타날 일도 없고 하루하루를 침대에서 낭비할 때마다 미래를 향해 가늘어져 가는 내 생명의 가능성을 바라보며 나는 이미 희망을 버리고 있었다.

기계가 보내는 산소로 호흡하고 기계가 보내는 혈액이 그걸 운반한다. 팔에 꽂힌 바늘을 통해 영양분을 흘려 넣고 그저 육체를 유지할 뿐인 나날. 입원하고 한동안은 병문안을 와주던 초등학교 친구도 지금은 한 명도 없다.

어둠 속에서 눈을 뜨고 갈피를 잡지 못한 채 변하지 않는 현실만을 바라보고 또다시 어둠 속에서 잠든다.

이따금 꾸는 불가사의하고 따뜻한 꿈에서 눈부신 빛과 희망을 느끼고는 괴로운 동경만을 남기고 사라져 간다.

울부짖을 힘조차도 없이 그저 조용히 눈물만이 흐른다.

끝을 내주는 게 훨씬 편할 거라고 느꼈다.

그것만을 강하게 강하게 바랐다.

끝나는 것만이 내 희망이었다.

하지만, 누군가의 목소리가 들렸다.

◀◀

그날 방에서 엉엉 흐느껴 우는 날 발견하고 엄마는 무척 놀라면서도 그래도 다정하고 강하게 내가 진정될 때까지 계속 부둥켜안아 주었다. 왜 그러냐는 엄마의 물음에 "소중한 사람이 사라졌어."라며 울부짖고 있었다고 한다. 착란 상태였기에 잘 기억나지 않지만. 나중에 엄마가 알려 주었는데 웬걸, 엄마가 퇴근하고 돌아왔을 때 집 바깥에까지 내가 우는 소리가 들렸었다는 모양이다. 창피하다.

"아이카, 에리가 왔단다~"

"네~에."

계단 밑에서 들린 엄마의 목소리에 대답하고 나는 짐을 챙겨 방을 나섰다.

현관까지 가니 평소보다도 몇 배는 멋을 부린 에리가 기다리고 있었다. 얼굴에는 메이크업도 한 모양이다.

"어?! 기합을 너무 좀 많이 넣은 거 아니야?"

내가 그렇게 웃으면서 농담하자,

"그렇지만 도쿄라구?! 도심이라구?! 대도시라구?! 연예인이라든가 만나서 로맨스가 시작될지도 모르잖아! 어쩌면 스카우트될지도 모르잖아!"

에리는 흥분한 기색으로 그렇게 말했고 나는 또다시 웃었다.

집을 나서자 바깥은 쾌청했다. 장마가 끝난 푸른 하늘은 여름의 위력을 남김없이 발휘하여 햇빛에 닿은 내 피부를 바짝바짝 태웠다. 황급히 양산을 펼쳤다.

에리와 역까지 걸어서 전철에 타고 15분 정도 가서 환승했다. 역에서 파는 도시락을 먹으며 흔들리는 특급열차에 몸을 맡긴 채 약 두 시간 반. 거기서 역마다 서는 일반 전철로 두 번 갈아타고 30분. 걸어서 이동한 시간도 포함하면 합계 약 세 시간 반. 이걸로 겨우 목적지인 역에 도착했다. 이날을 위해 한 달 동안 아르바이트한 월급의 절반이 왕복 비용으로 사라지는 것이 된다. 가족 여행이라든가 수학여행을 제외하면 지금까지의 내 인생에서 제일 긴 대이동이었다.

전철 안에서는 들떠서 안절부절못한 에리였지만 "여기야." 하고 목적지인 역에 도착한 전철에서 내리자,

"어? 정말로 여기야? 대도시는? 넌더리가 날 정도의 인파는? 스카우트는?"

맥이 빠진다는 듯 말했다.

도쿄 전부가 그런 대도시였다면 필시 숨이 막히는 지역이 되었을 것이다. 우리가 내린 역은 수도 도쿄의 일부라고는 해도 도심에서 떨어져 있었고 약간 큰 역 빌딩은 있지만 달리 높은 건물도 없다. 조금 더러워진 아케이드 상점가의 인상으로 봐서는 도회지라기보다도 옛날부터 존재하는 상업지라는 표현 쪽이 어울렸다.

나는 스마트폰으로 교통 안내를 보며 말했다.

"그럼 여기서부터 버스로 8분이네."

"어어?! 아직도 더 가야 하는 거야?"

"에리는 요 근처에서 놀고 있을래?"

"그럴게~ 일단 가게도 있는 것 같고."

나는 에리한테 손을 흔들고 버스에 올라탔다. 사실은 혼자서 여기까지 오는 건 무척 불안했기에 그녀가 따라와 준 건 정말 고마웠다. 어쩌면 에리는 그런 나의 불안한 마음까지 파악하고 동행을 제안해 준 것일지도 모른다.

휴대폰에 메시지가 와서 앱을 열어 보니 에리한테서 '내 신경은 쓰지 말고 느긋하게 보내~♪'라는 메시지가 귀여운 이모티콘과 함께 와 있었다. 답장을 보낸 뒤 창밖을 바라보며 이 친구를 쭉 소중하게 여기자고 다시금 생각했다.

호즈미 군에게서 작별의 말을 듣고 난 뒤로 1년이 지났다.

그날부터 한동안 날 구해준 호즈미 군을 위해 살아야 한다는 의무감만으로 몸을 움직이고 있었다.

그렇기는 해도 초등학생 때부터 함께 해 왔던 정말 좋아하는 가슴 속 온기를 잃어서 나는 빈 껍데기 같은 상태였다. 그의 주위에 있었던 내 마음속 내면까지 통째로 호즈미 군이 가져가 버린 걸까 하는 생각이 들었다. 그야말로 호시노 선생님이 말했던 것처럼 내면이 공허함으로 가득 차 있었다. 선생님을 얽어매고 있었던 소중한 존재를 잃는 것의 괴로움을 몸소 실감했다.

밤이 되면 이불 속으로 파고 들어가 눈물을 뚝뚝 흘리며 울면서 추억까지도 사라져 버리지 않도록 더는 돌아오지 않는 그의 존재나 그가 해줬던 말을 몇 번이나 다시 떠올렸다.

3년 후의 미래에서 자기 목숨과 맞바꾸어 과거의 날 구해준 나의 토끼.

마지막 순간에 아무 말도 해주지 못한 채 사라져 버린 소중한 사람. 생각할 때마다 가슴은 아팠다.

하지만 어느 날 나는 깨달았다.

깨달아 버리면 간단한 일이었다.

3년이라는 시간은 그리 먼 미래가 아니다. 그건 즉, 날 구하고 사라진 그의 입장에서는 과거의 호즈미 군── 내 입장에서 보면 '현재의 호즈미 군'이 이 세상 어딘가에 있을 것이라는 사실.

운명이 변해서 내 심장을 이식받지 않은 호즈미 군이.

다음 날부터 나는 그의 정보를 찾았다. 그는 그다지 자기 얘기를 하지 않았기에 내가 알고 있었던 건 '호즈미 이쿠토'라는 이름 정도였다. 아무리 그래도 그것만으로는 단서가 너무 적었다. 과감히 마음먹고 에리한테 이야기해 봐도 에리는 알 리가 없다며 웃으면서 일축했다.

어찌할 바를 모르게 된 나는 고민한 끝에 교무실을 찾아가 호시노 선생님한테도 상담했다. 호즈미 군의 이름을 쓴 종이를 보여주자 선생님은 눈을 휘둥그레 뜨고서——

"설마, 이건 그때의……."

"네. 그를 찾고 싶어요."

"……상당히 드문 성씨지만 그렇기 때문에 인상에 남아. 문부과학성의 현역 여성 장관이랑 같은 성씨네."

"네?!"

"딱 보니 스즈시로 양, 뉴스라든가 안 보는구나?"

히죽 웃는 얼굴로 지적당해 나는 얼굴이 빨개졌다.

"이만큼 희귀한 성씨라면 관련이 있을지도 모르겠네. 도쿄에 사는 지인 중에 정치 관계 르포라이터를 하는 사람이 있으니까 조금 물어볼게."

이어졌다——고 나는 생각했다. 며칠 만에 가슴에 공기가 통한 기분이 들었다.

"감사합니다!"

내가 깊이 머리를 숙이자 선생님은 손을 가볍게 내젓고는,

"너한테도 그에게도 갚으려야 다 갚을 수 없을 정도의 거대한 빚이 있으니까 말이지."

라며 쓴웃음을 지었다.

버스는 금방 목적지 정류장에 도착하여 나는 돈을 내고 그곳 땅에 내려섰다.

시선을 드니 커다란 6층짜리 병원이 여름 햇살 속에 듬직하게 서 있다.

이곳의 정보를 얻기까지 1년 가까이 걸리고 말았다. 호시노 선생님은 몇 번이나 부탁해 준 모양이지만 그 지인인 사람도 바쁘고 또한 장관과 접촉할 기회도 그다지 얻어낼 수 없었던 모양이었다. 나는 이제나저제나 하면서 연락을 기다렸고 안달복달하며 애를 태우는 나날을 보냈다.

장마가 물러가고, 여름이 지나, 가을이 끝나고, 해가 바뀌어 겨울도 기세가 가라앉자 나는 고등학교 2학년이 되었다. 단 하루도 그를 잊은 날은 없었다. 봄날의 벚꽃이 모두 지고, 신록의 초여름이 찾아오고, 그가 없는 장마철이 오고, 접시꽃이 아랫부분에 꽃을 피우기 시작했을 무렵…… 연락이 왔다.

접수대에서 병실 번호를 물어보고 에어컨이 잘 켜진 병원 안을 걸었다.

그곳에 가까워짐에 따라 가슴은 갖가지 감정으로 크게 고동쳤다. 나의 내면은 어느샌가 공허함이 아닌 무언가로 가득했다. 그건 무척이나 기분 좋으며 따뜻하다.

온 세상의 누구도 모른다 해도 나만은 알고 있다.

이곳이 아닌 어딘가에서. 지금이 아닌 미래에서. 남모르게 목숨을 걸고 나를 지켜 준 히어로가 있다는 것을.

이쪽의 그는 분명 나를 모른다. 그래도 괜찮다. 괴로워하고 있을 그에게 다가가 내가 할 수 있는 것은 뭐든 하자.

문손잡이에 손을 대고 심호흡을 한 번 했다.

무거운 문을 천천히 열자 창문 너머로 밝은 빛이 비쳐 들어오고 있었다. 그리고 그 창문 너머로 보이는 병원 안뜰 화단에서 수많은 접시꽃이 꼭대기에 핀 꽃을 흔들며 길었던 장마의 끝을 기쁘게 알리고 있었다.

줄곧 어둠 속에 있었다.

끝나는 것만이 나의 희망이었다.

하지만 누군가의 목소리가 들렸다.

"호즈미 군."

연속된 그 소리가 무엇을 의미하는지조차 나는 잊어 가고 있었다.

그래서 그것이 나를 부르는 것임을 깨닫는 데 시간이 걸렸다.

"호즈미 군!"

그건 들어본 적이 없는 목소리였다.

하지만 고막을 진동시키는 그 울림에 신기하게도 어딘가 그리움을 느꼈다.

"호즈미 이쿠토 군!"

조용히 해줬으면 싶어서 나는 작게 눈을 떴다.

눈부심 때문에 가늘게 뜬 눈에는 몸에 연결된 수많은 튜브가 비쳤다. 그건 질리도록 본 여느 때의 광경.

하지만 오늘은 그 관 너머에 눈물을 흘리면서도 미소 지으며 나를 보는 모르는 여성이 있었다.

"만나러 왔어…… 호즈미 군."

창문으로 비쳐 들어오는 빛 속에서 내 침대 옆에 선 그 사람은 예쁜 뺨에 보석 같은 눈물을 뚝뚝 흘리며 내 오른손을 잡았다.

내 손을 감싸는 그 부드러운 손의 온기에 오랜만에 정말로 오랜만에 생명의 온도라는 것을 느낀 기분이 들었다. 나는 미약한 의사로 오른손 손가락을 움직여 그녀의 손을 마주 잡았다.

"배와 대추, 수수와 밤이 잇따라 영글어도……."

어째서인지 꿈속에서 몇 번인가 들었던 만엽집 속 한 수의 첫 부분이 입에서 튀어나왔다. 호흡기 안쪽의 내 목소리는 쉬어 있었지만 내 손을 잡은 모르는 여성은 놀란 것처럼 눈을 휘둥그레 떴다. 그 모습이 어쩐지 몹시도 사랑스럽게 느껴졌다.

"나는 떨어져 있는 그대와, 지금은 만날 수 없지만……."

거기서 멈추고 만 내 말에 그녀가 뒷말을 이어 주었다.

"계속해서 뻗어가는 넝쿨처럼, 훗날……."

그런가. 나는 쭉 이날을 기다리고 있었던 것일지도 모른다.

숨을 들이쉬어 가슴에 공기를 넣었다. 우리 둘의 목소리가 서로에게 다가붙는 것처럼 딱 일치됐다.

"접시꽃 피는 날에는, 그대와 만날 수 있으리다."

끝나는 것만이 내 희망이었다.

하지만 네가 내 생명에 의미를 주고 말았다.

▶▶

▶▶

▶▶

"부축해줄까?"

그녀가 조심스럽게 그리 물었다.

"고마워. 하지만 내 힘으로 갈게. 같이, 옆에서 걸어 줄래?"

"응, 알았어."

목발과 함께 강변 초원 안으로 한 걸음 내딛자 여기까지 함께 따라와 주었던 담당 의사 선생님이 내 뒤에 대고 말을 걸었다.

"야, 야, 가급적 무리는 하지 마라? 완전 이식형도 만능은 아니니까 말이다?"

내 가슴 속에는 플라스틱과 티타늄으로 만들어진 완전 이식형 인공심장이 삽입되어 있다. 나는 뒤돌아보고 선생님에게 대답했다.

"알고 있어요. 하지만 이날을 위해서 지금까지 노력해 온 거예요. 거기서 지켜봐 주세요."

"……알았다. 갔다 와."

의료 기술이 나날이 진보하고 있다고는 해도 인간의 심장을 인공물로 완전히 교체하여 지장 없이 생활할 수 있게 될 정도의 제품은 유감스럽게도 현시점에서는 아직 존재하지 않는다. 어디까지나 심장 이식 기증자가 나타나든가, 심장 이식의 필요성조차 없애는 완전한 인공심장이 개발되든가 그때까지는 '임시 심장' 역할을 하는 것에 지나지 않는다.

하지만 내가 그 수술을 받기로 결의한 건 말할 필요도 없이 그녀 덕분이다.

자기 인생의 막을 내리는 것에서만 희망을 찾아내고 있었던 나였으나 지금은 계속 살아가는 것에 대한 집착과 간절한 바람으로 가슴이 터질 것 같을 정도다.

나는 살고 싶다. 그녀와 함께 계속 살아가고 싶다.

4년 가까이 침대에서 지냈던 몸은 절망적으로 쇠약해져 있어서 인공심장이 허용하는 범위 내에서 혼자 힘으로 목발을 짚고 걸을 수 있게 되는 데도 필사적인 노력으로 몇 달이 걸렸다. 그래도 내 경우는 세계적으로도 드문 회복 사례를 보이고 있다는 듯하다.

솔직히 언제 기증자가 나타날지 모른다. 지금도 왼쪽 가슴에서 박동하는 인공심장이 언제 오류를 일으킬지도 알 수 없다. 그렇다고 하더라도 그녀가 옆에 있어 준다면 나는 절대로 죽을 수는 없다.

그녀는 천천히 옆을 걸으며 몇 번이나 멈춰 서서 호흡을 가다듬는 나와 끈기 있게 함께해 주고 있다. 이윽고 목적지인 장소에 도착한 나를 보고 안도한 것처럼 미소 지었다.

그곳은 강변 초원 안에 딱 한 그루만이 서 있는 잎이 푸르게 우거진 나무 옆이다. 장마가 끝난 후의 상쾌한 바람이 나뭇잎을 살랑살랑 흔들었고 땀에 젖은 내 이마를 어루만졌다.

"여기야?" 내가 그렇게 묻자 그녀는 고개를 끄덕였다.

"응, 틀림없어. ……하지만, 정말로 괜찮아? 내가 팔까?"

"괜찮아. 약속이니까 말이지."

나 자신에게 그 약속을 한 기억은 없다. 하지만 나는 그녀가 이야기해 준 또 한 명의 내가 보낸 인생을 믿고 있고 자랑스럽게 생각한다.

나는 가방에서 삽을 꺼내고 그 자리에 쪼그려 앉은 뒤, 나무 밑동 부분의 흙을 파기 시작했다.

예상 이상의 운동량에 숨을 헐떡이고 있었더니 삽 끝부분이 뭔가 단단한 것에 닿는 감촉이 있었다. 주위의 흙을 신중하게 치우고 땅속에서 나온 그것을 들어 올렸다. 상자 형태의 물건을 감싸고 있는 비닐봉지는 열화된 것인지 곧바로 찌지직 하고 찢어졌고 안에서 빨갛게 녹이 슨 캔이 나타났다.

"어라라, 녹슬었네. 묻고 나서 몇 년이나 지났으니까 말이야. 열 수 있으려나."

"해 볼게."

힘을 주자 그건 의외로 쉽게 열렸다. 내 옆에서 그녀가 안을 들여다봤다.

"아하핫, 제대로 있었어! 그립네!"

"뭐야 이거? 편지? ……토끼 씨에게 라고 적혀 있는데."

"응. 내가 쓴 연애편지야."

"뭐?!"

예상치 못했던 대답에 내 마음에서 질투의 불꽃이 타올랐다. 대체 어디의 누굴 향한 거지.

아이카는 그런 날 보더니 후후훗 하고 어깨를 들썩이며 강바람에 흔들리는 접시꽃같이 행복해 보이는 미소를 지었다.

"약속, 확실하게 지켜 줬구나. 나의 토끼 씨."

그렇게 말하고 약간 발돋움을 한 뒤, 내 뺨에 키스했다.

후기

삶의 길은 앞에만 있습니다. 하지만 과거는 사라지지 않습니다.

손에 쥐고 있을 터인 행복은 어느샌가 '당연한 것'이 되고, 잃어버린 것이나 손에서 빠져나간 것만이 달콤하면서 쌉싸름할 정도로 아름답게 보석 같은 반짝임을 내뿜습니다.

사랑스러운 과거는 사라지지 않습니다. 하지만 사람은 앞으로 나아갈 수밖에 없습니다.

뒤돌아보고만 있어도 시간은 상냥하고 잔혹하게 등을 두드리는 것처럼 밀어냅니다. 머물러 있는 것 따위 불가능합니다.

과거는 번잡하지만 그리고 한편으로는 감미로워서. 버리고 싶지만 손에서 놓을 수 없어서.

추억의 팔에 마음을 붙잡히며 어깨를 풀썩 떨구고 다리를 질질 끌다시피 하며 이 삶의 길을 걷고 있어도 새로운 관계는 조금씩 생겨납니다. 소중한 것도 많아집니다. 색채도, 책임도 늘어 갑니다.

그렇게 해서 어느샌가 어른이 되고 만 지금도 솔직히 말해서 살아가는 의미 같은 건 모르겠습니다. 여전히 괴롭기조차 합니다. 벚꽃이 눈보라처럼 흩날리는 그 봄에 스스로를 구했다고 생각하고 있어도 마음은 어느새 겨울의 차가운 날씨에 시들고 가슴은 괴롭게 삐걱댑니다.

하지만 이 길 위에서 새롭게 얻은 관계가, 그 온도가 함께 걸어 주기에 과거가 미래로 이어져 있다는 것이 실감이 됩니다.

여기까지 본편과는 아무런 상관도 없습니다만 그런 식으로 생각하고 있습니다. 처음 뵙겠습니다. 아오미노입니다.

이 책은 집필을 그만두고 저 자신을 극한까지 몰아넣었을 때, 어떻게든 해서 살아갈 이유를 찾아내고 싶어서 재활 훈련처럼 쓴 것입니다.

수많은 언어의 바닷속에서 이 이야기를 찾아내 주신 분이나, 여기까지 갈고닦는 데 진력해 주신 분. 최고로 멋진 표지를 그려 주신 후스이 씨. 힘든 상황 속에서도 집필 시간을 만드는 데 협력해 준 소중한 사람에게 감사는 끊이지 않습니다. 물론 이 책을 손에 들어 여기까지 읽어 주신 여러분께도.

바라건대, 이 책이 제가 살아가는 삶의 길에 빛을 가져다주는 계기가 되기를.

그리고 누군가의 마음에도 조금이라도 온도를 줄 수가 있다면 이 얼마나 멋진 일일까 하고 생각합니다.

만나는 날, 꽃이 피는

초판 1쇄 I 2023년 4월 26일

지은이 아오미노 하이 I **옮긴이** 주승현
펴낸이 서인석 I **펴낸곳** 제우미디어 I **출판등록** 제 3-429호
등록일자 1992년 8월 17일 I **주소** 서울시 마포구 독막로 76-1 한주빌딩 5층
전화 02-3142-6845 I **팩스** 02-3142-0075 I **홈페이지** www.jeumedia.com

ISBN 979-11-6718-261-6
*파본은 구입하신 서점에서 교환해 드립니다.

제우미디어 트위터 twitter.com/jeumedia
제우미디어 페이스북 facebook.com/jeumedia

만든 사람들
출판사업부 총괄 손대현 I **편집장** 신한길
책임편집 민유경 I **기획** 신은주, 장재경, 안호성, 김성하
영업 김금남 I **제작** 김용훈
디자인 총괄 크리에이티브그룹 디헌